# 革命警察軍SOLDAT《ゾル》

上巻

森　詠

Mori Ei



文芸社文庫

# 目次

# 第1章　失われた記憶

## 1

ある日、ベッドで目が覚めたら、虫になっていたという話は、カフカの小説だが、俺の場合は、別人になっていた。

つまり俺は俺なのに、俺ではない。

いや、もっといえば、俺は本当に俺なのだろうか。それさえも疑わしい。

あるいは、もしかすると、俺が変わったのではなく、世界の方が変わってしまったのかもしれない。

ともかく、いま俺は病院の一室におり、白いシーツのベッドに横たわっている。ＶＩＰ用の個室のベッドだ。

窓辺には豪華な黄色や赤色、ピンクなどの薔薇《ばら》を飾った花瓶が置かれている。

新たに白いカサブランカの花束も届いていた。きっと眠っている間に、誰かが見舞いに来たのだろう。

何日か前のことだ。

気づいた時、俺はベッドに括《くく》りつけられていた。その前に何があったのかは、まったく分からない。

ベッドの傍《かたわ》らには点滴用のスタンドが立ち、点滴の管が俺の右腕に繋《つな》がっている。陰部がこそばゆいのは、排尿用のカテーテルを付けられているからだ。

首はコルセットで固定されているので、頭は動かせない。動かそうとすると、後頭部がずきずきと痛む。

きっと頭をやられたのだろう。もしかしたら、頭部の手術を受けたのかもしれない。

右腕も左腕もベルトでベッドに固定されているらしく、動かそうとしても動かない。両脚も同様にコルセットをはめられているらしく、動かすことができない。

軀《からだ》のあちらこちらをやられたことだけは、理解できる。

だが、いったい自分の身に何があったのか、さっぱり記憶がないのだ。どうして、自分がここにいるのかさえ、分からない。

そして、何よりも肝心なことなのだが、自分は誰で何者なのか、名前さえはっきりと思い出せないのである。

ただある一語だけは、記憶に深く刻み込まれている。

ゾルという言葉だ。

あなたは、ゾルよ。俺はゾル？

それがいったい、何を意味しているのかは分からなかった。しかし、ゾルと呟くと、その響きが俺の心を震わせた。

ゾルという言葉以外は頭の中になく、まるで濃い霧の中を彷徨《さまよ》っているかのように朧《おぼろ》げなのだ。

ここはどこ？

俺は誰？

笑い話ではない。それが、いまの俺にとって真剣な問いなのだ。その答えがまったく思いつかないのだが、仕方がない。

廊下に人の話し声が聞こえ、ドアの開く気配がした。俺は目だけを動かし、入ってきた人物を見ようとした。白衣を着た看護師と医者だった。

近眼鏡をかけた女医が、俺を覗き込んだ。見覚えのない顔だった。

「気が付いたようですね」

女医は微笑んだ。反対側から看護師が覗き込み、空になった点滴の容器を外し、新しい点滴の容器と取り替えた。やや黄ばんだ色の液体が、滴《しずく》を垂らし始めた。

「ここは、どこ？」

俺は自分でも信じられないほど、低くがらがらした嗄《かす》れ声でいった。

「警察病院です」

「警察病院? 俺は怪我《けが》をしたのか? それとも病気なのか?」

「怪我をしたのです」

「重傷だったのか?」

「はい。手術自体は成功したのですが、それでも生存率は十パーセントでした。術後、あなたは危篤《きとく》状態になり、命も危ぶまれた。だが、奇跡的に恢復《かいふく》したのです。あなたは本当に生命力が強い方ですね」

手術をした? 危篤だった?

だとすれば、担当の重傷だったということになる。

俺は手足をそっと動かそうとした。

「手も足も大丈夫です」

女医が俺の不安を見透かしたようにいった。

俺はほっと安堵のため息をついた。

「右脚は大腿部《だいたいぶ》を複雑骨折していましたので、人工肢腿と交換しました。左脚も大腿部に大きな火傷を負っていましたが、臀部《でんぶ》の皮膚を移植して、再生治療してあります」

「いったい、どこをどう怪我したのか?」

女医の顔に、困惑した表情が顕れた。

「一言ではいえません。爆風で吹き飛ばされたため、頭をはじめ、手足、首、胸、腹、全身のいたるところにダメージを受けていました。特に頭はひどい損傷を受けていました。一時は心肺停止になっています。そのため、危篤状態になったのです」

「いったい、何があったのだ？」

「さあ、私は詳しいことは知りません。ただ、救命センターに運び込まれたあなたを担当しただけですから。爆弾テロに巻き込まれたとしか聞いていないのです」

「爆弾テロ？」

いわれてみれば、繰り返し見る夢も爆弾テロのもののようにも思える。だが、現実感がまるでなかった。

「最近、首都東京では、やたらに爆弾テロが頻発《ひんぱつ》していますからね。その捜査中に、巻き込まれたのではないでしょうか？」

「教えてくれ。俺は何者で、いったい何をしていたのか？」

女医は困った顔をした。いっていいものか、いけないものか、迷っている様子だった。

「あなたは警察官でした。いや、いまも警察官です。あなたは犯人を追っている時に、爆弾テロに遭遇《そうぐう》したと聞いています。それで救護隊に収容され、この病院の救命救急センターに運び込まれたのです」

「いつ？」

「だいぶ前になります」

「俺は長い間、入院しているのか？」

「ええ」

女医はうなずいていった。

「どのくらい入っているのか？」

「三ヵ月になるでしょう」

「三ヵ月も入っていたのか……」

信じられなかった。情けないことに、頭の中は何の記憶もなく真っ白な状態だった。何を聞いても、思い出すことができない。

「ドクター、思い出せないんだ。情けないことに、自分の名前さえ分からない」

女医は気の毒そうな顔をした。

「あなたは、サイオンジ・アキラさんです」

サイオンジ・アキラ？

女医はバインダーに挿《はさ》んだカルテを俺に差し出し、氏名の箇所を見せた。

ローマ字と漢字で名前が書かれていた。

AKIRA　SAIONJI

西園寺聖。

突然、天啓《てんけい》のように、記憶の闇に一筋の光が差し込んだような気がした。

そうだ。たしかに俺の名だ。俺は西園寺聖だ。思い出した。

どうして、いまのいままで自分の名前が思い出せなかったというのか。

だが、一筋の光明も、それだけで終わりだった。西園寺聖に付随するはずの過去や履歴《りれき》、身の回りのこと、家族や友人、何もかもが闇の中にあって、見えてこない。

俺はいったい、どういうわけで爆弾テロに遭《あ》う羽目になったのか。いったい、何をしていてこんな目に遭ったのか？　まるで思い出せない。

「俺はこのまま、ずっと何も思い出せずに生きていくというのか？」

「焦《あせ》らないで。おそらく一時的に、記憶喪失になっているのです。時間が経《た》てば、きっと記憶を取り戻していくことができますよ。焦らず静養することです」

女医が「おそらく」とか「きっと」という言葉を使うのは、俺が記憶を取り戻せるという確信がないからだろう。

俺は、いまはなるようになるしかない、と腹を括《くく》るしかなかった。そして、半ば諦《あきら》め、半ば居直って、事態を見守ろうと心に決めた。

考えようとすると、ずきずきと頭が痛み出した。俺はその強烈な痛みに顔をしかめた。

女医はペンシルライトで俺の目に光をあて、瞳孔《どうこう》検査を行なった。

「ドクター、頭がひどく痛むのだが」

「そうですか。では、少し強めの痛み止めを処方しておきましょう」

「頼む」

上半身を起こそうとした俺を、女医は諫《いさ》めた。

「まだ無理は禁物です。絶対に安静にしてください。いまは何も考えずに眠り、軀の恢復を図ることが大事です。眠れるように、睡眠薬を打っておきましょう」

女医は看護師に小声で何かを命じた。看護師が視界から消えた。

やがて、看護師が左腕をアルコール綿で消毒し、女医が注射針を腕に刺すのが分かった。

「これで、しばらく休むことができるでしょう」

「ありがたい。ところで、女医さん、あなたの名前を教えてくれないか？　不安なんだ。俺には相談相手も知り合いも、誰もいないと思うと……」

女医は一瞬、戸惑った顔をしたが、うなずくと胸のプレートを俺に見せた。

「外科医の斎藤《さいとう》真紀《まき》です」

「真紀さん。いい名前だ。真紀さんと呼んでもいいですか？」

「いいですよ」

女医の斎藤真紀は微笑んだ。

少しずつ頭痛が薄れるのを感じた。

「真紀さん、俺のこと、もう少し教えてくれないか？　カルテには、俺に関する情報が添付《てんぷ》されているのだろう？」

俺はバインダーに挿まれているカルテを目で指した。

「いいですわ」

斎藤真紀はカルテをめくり、下に挿まれている書類に目をやったが、その顔がわずかに曇った。

「おかしいわね。履歴経歴、両親家族、出身地、本籍、すべてが部外秘になっている」

「部外秘？」

「ええ」

「では、記載されていることは？」

「あなたは国家統一庁の国家公務員で、年齢三十一歳。独身。ほかには社会保険番号、厚生年金番号、自動車運転免許証番号、パスポート番号が記入されています。それから認識番号、所属長の連絡先ぐらいね」

「国家統一庁？」

なんとも聞きなれない官庁名だった。

「そう。西園寺さんは、その上級職員となっているわね。階級は警察軍大尉」

「警察軍大尉？」

話をしながらも、俺はだんだんと眠けに襲われた。意識が朦朧《もうろう》となっていく。薬が効き始めたのだろう。

もうどうでもいいという気分になり、俺はいつの間にか深い眠りに陥っていた。

その後、幾度も目を覚ましたが、付き添いの看護師に寝かし付けられ、再び眠りの世界に戻っていった。

眠るたびに同じ夢を見る。正確にいえば、同じ夢ではない。どこか違っているのだが、なぜか同じ夢のように思えるのだ。

『これは演習にあらず。ゾル、これは演習にあらず』

夢では決まって女の声が聞こえた。聞き覚えはあるのだが、誰なのかは分からない。

ゾル？　演習ではない？

緊張で脂汗が流れる。

女の乗った車が、ゆっくりと横転していく。

俺は止めろと怒鳴っていた。

車は二、三回転すると、コンクリート壁にスローモーションで激突し、ひしゃげていく。

乗っている女は、自分にとって大切な愛する人であると分かっている。ぺしゃんこになった車は炎を上げ、大音響を立てて爆発した。

車のボンネットが跳ね上がり、空中を舞って目の前に転がった。

『作戦中止、作戦中止。ゾル、直ちに撤収せよ』

今度は違う夢だ。でも、前にも見たような気がする。

目の前で女が殺される夢だ。黒い人影が過《よぎ》り、その手元が光る。

女は逃げようとするが、背後から銃弾が浴びせられ、高い塔の上から転がり落ちていく。

俺は急いで駆けつけて、塔の下を覗き込み、あまりの高さに目がくらむ。女の姿がくるくると舞いながら、地上へ向けて落ちていく。

黒い人影は俺にも銃を発射する。俺は応戦し、拳銃を撃ち尽くした。

襲いかかる黒い影に摑《つか》み掛かり、被《かぶ》っている頭巾《ずきん》を剝《は》ぎ取ろうとする。

夢から覚めた時、俺は涙していた。

死んでいく女の顔は、はっきりと目に焼きついている。名前や素性は分からない。

だが、心のどこかで、知っている女だという声が聞こえていた。しかも、かつて愛した女だという確信もある。

「起きろ！　目を覚ませ」

何度も呼ぶ声があった。眠気を振り払い、ようやくの思いで目を覚ました。見知らぬ男たちが、俺を覗き込んでいた。

「大尉、気がついたかね？」

白髪の初老の男が、俺にいった。初老の男の脇から白衣姿の女医が覗き、俺の目にペンシルライトの光をあて、瞳孔検査をした。

俺は女医の顔を見て、考え込んだ。

誰だっけ？　そうだ、思い出した。斎藤真紀という名前だ。

真紀は俺に大丈夫、と目でうなずいた。

俺はあらためて初老の男を、まじまじと見つめた。

「あなたは？」

初老の男は眉根《まゆね》に小さな縦皺《たてじわ》を寄せた。どこかで見たような気がするが、確信がない。

「わしのことが分からないのか？」

「分からない」

俺は顔を左右に振った。そして、顔を動かせることに気がついた。頭を固定していたコルセットが外されている。

「医師がいっていた通りだな」

初老の男は眉をひそめ、隣のカーキ色の軍服姿の男と顔を見合わせた。襟章《えりしょう》に金色の桜花が二つ。中佐の階級章だと判った。

今度は、その中佐という男が俺を覗き込んだ。この男も、どこかで見たような気がする。だが、定かではなかった。

「信じられませんな。本当に局長が分からないのか？」

俺は頭を左右に振った。

「顔も覚えていないのか？」

俺は初老の男の顔を見たが、やはり記憶が蘇らない。

「この方は局長の板垣進《いたがきすすむ》さんだ。いつもおまえを庇《かば》ってくれた恩人ではないか。その恩人を忘れるとは、本当に情けないやつだ」

中佐は頬に冷笑を浮かべた。その表情は、まるで俺が怪我をしたのを喜んでいるかのように見えた。

「わたしのことは覚えているだろうな？」

「いえ……」

俺は覚えていない、とまた頭を左右に振った。

「何だと。わたしのことも、思い出せないというのか？」

中佐は口では非難するが、やはり心の中では俺が覚えていないことを喜んでいる様

った。

「私は日野《ひの》中佐だ。おまえの直属の上官だ。よおく覚えておけ」

俺は日野と名乗った男の顔を、じっと見つめた。胸クソの悪い男だ。

日野は細面《ほそおもて》で、一見女性的な面立ちをしている。顎《あご》がしゃくれているのが特徴だった。

日野は俺の耳に口を寄せていった。

「我々のことなど、覚えていなくともいい。大事なのは、もぐらの正体だ。いったい、もぐらは誰だったのだ？」

「もぐら？」

俺は日野が何をいっているのかまるで分からず、ぽかんと口を開けたまま、彼の顔を見つめた。

「ここなら誰も聞いていない。盗聴される恐れはない。いるのは我々だけだ。安心しろ。もぐらを見つけたのだろう？　誰だったのだ？」

「何のことか、俺には分からない。本当に覚えていないんだ」

「よく思い出すんだ。きみからの最後の報告は、もぐらに関することだった。大尉、思い出すんだ！」

日野は声を荒らげて怒鳴った。

それまで病室の出入り口にいた女医の斎藤真紀が走り寄ってきた。

「止めてください。大尉は本当に記憶を喪失しているのです。だから、無理に聞いても答えられないでしょう」

「記憶を喪失した振りをしているのではないか？　こいつは医者を騙《だま》すことなど、平気でできる男だ」

日野は皮肉たっぷりにいった。

「私の診断を信用しないのですか？」

真紀は一歩も退かなかった。

「中佐、よせ。今日のところは、もういい」

板垣局長は日野を制し、白衣の真紀に向き直った。

「大尉が本当に記憶を喪失しているとして、その原因は何なのだね？」

「患者は爆風で吹き飛ばされた時、爆弾の破片を全身に浴びました。その一部が頭を損傷したのです。破片がまだいくつか脳に残っています。そのため、記憶に障害が出ていると思われます」

「まだ破片が残っている？　頭部手術で破片を取り除いたと聞いていたが」

「すべては除去していません。もう一度、摘出手術をすることにしています。一部は脳幹大動脈のすぐ傍《そば》にあり、無理して取れば脳を損傷しかねないし、大量出血は免れません。いま、どうやって安全にそれを取り除くことができるか、医療チームで検討しているところです」

「そうか。無理はせんでくれ」

「分かりました」

うなずく真紀に対して、日野はなおも不満げにいった。

「ドクター、手術をしたら、記憶を取り戻すことができるのかね？」

「そうなることを期待しています」

「いまもまったく記憶がないというわけではないのだろう？　断片的にでも覚えているということはないのかね」

「そればかりは本人でないと、私たちには分かりかねます。ただ時間さえ経てば、徐々に脳神経が恢復し、何かを思い出していくでしょう」

日野はもう一度、俺に向き直った。

「ゆっくりしている時間はないんだ。大尉、これは大事なことだ。思い出してくれ、暗号コードの番号を覚えているか？」

「暗号コード？」

何も頭に浮かばなかった。いったい、日野という男は、何のことをいっているのか。

「パスワードは、何だったのだ？」

俺は答えようもなかった。

「嘘をついているのではないだろうな」

苦々しくいい放つ日野を、板垣局長が止めた。

「この状態では、いくら訊いてもだめだ。また出直そう」

局長は真紀をちらりと見ていった。

「もし、大尉が記憶を取り戻したら、すぐに報せてくれ」

「分かりました」

俺の視界から、局長と日野の顔が引っ込んで消えた。二人が女医の真紀と、二言、三言、言葉を交わし、病室を出ていく気配がした。

しばらくして、女医の真紀が戻って来た。

「大尉、心配しないでいいわ。時間はかかるかもしれないけど、少しずつ記憶は戻ってくるでしょう。ああでもいっておかないと、毎日乗り込んできて、あなたを尋問《じんもん》しかねないから。ともあれ、いまは絶対安静が一番。鎮静剤《ちんせいざい》を打っておきましょうね」

看護師が腕の静脈に注射針を差し込んだ。

ポンプから注射液が体内に送り込まれる。腕が熱くなる感じがした。それがゆっくりと拡がり、だんだんと躯全体がベッドに沈んでいく。

また、どうでもいい、という萎《な》えた気分が出てきて、猛烈な睡魔に襲われた。

俺は眠りの世界に入った。また耳元で囁きが起こった。

『これは演習にあらず。ゾル、これは演習にあらず』

合成音だと分かる無機質な女の声が急を告げる。

暗がりに眩《まぶし》い閃光《せんこう》が迸《ほとばし》った。目を開けていることができず、思わず手で前を覆った。

凄《すさ》まじい爆発が起こった。俺は爆風に煽《あお》られ、地べたに叩きつけられた。

『緊急事態発生、緊急事態発生』

冷静で機械的な女の声が告げた。

「分かっている。もう事態は切迫している」

俺は腹立ち紛れにいい、暗闇に向かって身を投げた。宙に飛んだ自分の軀が、みるみるうちに奈落に落ち込んでいく。

誰かが囁いた。今度は本物の女の声だった。

『ゾル、逃げて』

ゾルとは俺のことか？　どこへ逃げろというのだ？

俺はもがいた。だが、手足が動かない。

黒い人影が近寄ってきた。俺は助けを求めようとした。

黒いフードを被っていたので、顔は見えなかった。

だが、女だと分かる。長い黒髪がはらりと俺の顔にかかる。拳銃が鼻先につきつけられた。

『これが最後のチャンスだ。ゾル』

声の主は男だった。フードを撥《は》ね除《の》け、男はにんまりと笑った。

能面を思わせる、のっぺりとした表情のない男だった。知っている顔だ。忘れようもない。

拳銃が目の前で発射された。轟音《ごうおん》はしなかった。ただ銃口から白煙と炎が噴出し、俺の顔面を襲った。

次の瞬間、いきなり俺は海辺の通りを車で走っていた。コンバーティブルなオープンカーで、潮風が頬を撫でていた。

どのくらい走ったのだろう。目の前に検問所があった。

軍服姿の兵士たちが手を振り、止まれと合図した。兵士の一人が銃を向け、降りろという仕草《しぐさ》をした。

頭上に攻撃ヘリが飛来した。そのローター音で、相手が何をいっているのか分からない。そのうち、兵士たちの表情が変わった。頭上のヘリが銃撃を開始した。

兵士たちも、銃を上空に向けて応戦する。

俺は車を降りた。攻撃ヘリは機首の機関銃を俺に向け、銃弾を発射し始めた。

俺は坂を転がり落ち、穴の中に飛び込んだ。

深い深い穴だった。しばらく落下しながら、穴の底にはいつ着くのだろうと、俺は思った。これは夢か？　それともリアルか？

気づいた時には、白衣の看護師が覗いていた。

看護師は微笑み、優しく声をかけながら俺の顔を撫でた。まだ夢の続きを見ているのだと思った。

だったら、いま見ている夢が一番幸せで心落ち着く。

「大丈夫ですか？」

看護師は湿ったタオルで、俺の額《ひたい》の汗を拭《ぬぐ》った。

「ここは？」

「病室ですよ。安心して」

俺は病室内を見回した。眠る前の病室と違っていた。窓の位置が違う。

見舞いの花は消えていた。同じなのは、看護師だけだった。

「だいぶうなされていましたよ。きっと悪い夢を見ていたのでしょう」

「ああ、嫌な夢だった。病室は変わったのかい？」

「いいえ。前と同じですよ」

嘘だと思った。だが、看護師を問い詰めても、決して喋《しゃべ》らないことがなぜか、分かっていた。

手足を動かした。以前と、どこか違う。違和感を覚えるのは後頭部だった。包帯で頭がぐるぐる巻きにされている。

また後頭部を手術したのだろうか。患部《かんぶ》が、ずきずきと脈打つように痛む。

「西園寺さん、気づいたようですね」

見知らぬ顔の医師の一団が、親しげにベッドへ近づいてきた。女医の真紀の姿はなかった。
四、五人の医師たちがベッドを取り囲み、俺を興味深げに見下ろした。まるで実験動物を見る目つきだった。
「頭が痛い。俺の頭に、何をやった？」

医師の中の一人がいった。

「後頭部にいくつか破片が入っていたのは、ご存じでしたよね。今朝、それらの破片の摘出手術を行ない、ほぼ全部を取り去ることができました。まだ一、二個破片が残っていますが、脳を傷つけることはないでしょう」

「手術をするという話は聞かなかったぞ」

「そのまま放置しておくと、永久に記憶をなくしてしまう。そういう判断から、手術をすることになったのです」

医師団の団長らしい男がいうと、すぐに別の医師が口を挿んだ。

「西園寺さんが睡眠中にＭＲＩにかけ、頭部を隈無《くまな》く調べたのです。そうしたら、記憶を司《つかさど》る左右の側頭葉《そくとうよう》に、小さな破片が食い込んでいるのを見つけた。それが記憶喪失の原因ではないのかという結論に達し、緊急に除去手術をしたのです」

「そうだったのか」

俺は半信半疑だったが、納得した振りをした。その実は、考えるのが面倒なだけだった。

## 2

毎日が退屈でたまらなかった。

ベッドで一人横たわっているのは苦痛だった。

脳をあまり刺激してはいけないというので、テレビはだめ、ラジオもだめ、新聞も本も部屋には置いていなかった。

ただ、音楽だけは、聞くことが許された。それも脳への刺激を避けるためということで、クラシックや環境音楽ばかりだった。

窓から見える東京の街の風景が、せめてもの心の慰みだった。

眼下にはＪＲ飯田橋《いいだばし》駅の駅舎やお堀、道路を走る車が見える。堀に並行する何本もの線路には、ひっきりなしにJR中央線や総武《そうぶ》線の電車が行き交っていた。

そうした風景を日長一日、ぼんやりと眺《なが》めているのが日課だった。

その間も、さまざまな想念、妄想、空想が頭に浮かぶのだが、それが具体的な記憶に結びつかないのがもどかしいのだ。

病室は特別室の一つらしく、十五階建ての病棟の最上階にあり、廊下には制服警官が常時警戒に立っていた。

エレベーターでの出入りは厳重にチェックされていたし、階段を使っての十五階への出入りは禁止されているようだった。

俺が入れられた病室以外にも、廊下の先にはいくつも特別室があるらしい。誰か要人が極秘に入院しているのかもしれない。

事実上、俺は囚人《しゅうじん》として病室に監禁《かんきん》されているようなものだ。

医師や看護師は、病院内を自由に動き回っていいといってくれるのだが、車椅子でしか動けないし、エレベーターに乗ろうとすると、たちまち警護の警官が来て、直属の上司の許可がないと十五階以外のフロアには行けないといわれてしまう。

無理に階段を降りようにも、車椅子では降りて行くことができない。しかも階段の出入口のドアにも警官がいて、上司の許可を求められ、冷ややかに追い返されてしまうのであった。

俺は囚人ではない。いくらそういっても、警官たちは曖昧《あいまい》な笑みを浮かべて少しも取り合ってくれない。

唯一の楽しみといえば、屈強な看護士に付き添われたリハビリだった。

リハビリの時間には、ありがたいことに病室からリハビリ施設のある十階まで、車椅子に乗せられてエレベーターで降りる。その時、看護師や医師以外の一般の人々を見ることができた。

運がいい時には、乗り合わせた患者同志（同士ではなく、あえて同志といいたい）とあいさつが交わせる。

不満だらけの毎日だったが、軀はめきめきと恢復していった。栄養士が作った献立《こんだて》なのだろうが、料理人の腕がいいらしく、病院食なのに味がいい。

リハビリが終わったあとの夕食は格別で、俺は毎回、料理を残さず平らげた。

それだけでは足りずに、仲よくなった看護師たちに頼んで、病院の購買部から夜食用のパンやカップラーメンを買ってきてもらった。

そのうち、彼女たちは俺が何もいわなくても、競うように、コンビニから好物のタラコ入りお握りやピザパイ、焼き鳥、ウナギの蒲焼《かばや》きなどを買い込み、差し入れてくれるようになった。

俺が彼女たちの愛情溢《あふ》れんばかりの好意に感謝したのは、いうまでもない。

リハビリの効果も上がり、手足は自由に動かせるようになった。ベンチプレスのせいで、胸や腕の筋肉も付き始めた。

腹筋も軽く百回以上できるようになり、ランニング装置のベルトの上でのことだが、軽いジョギングもできるようになった。

頭の包帯は取れ、手術のため、剃《そ》られてくりくり坊主だった髪の毛も五分刈《ごぶが》り程度に伸びた。

自分では直接見えないが、手術痕《あと》も髪に隠れて、それほど目立たなくなったと思う。

気になったことはといえば、主治医だと思っていた女医の斎藤真紀の姿がまったく見られなくなったことだ。どうやら、彼女は俺が恢復するにつれ、担当を外れたらしい。

真紀は脳外科医で、俺の頭をぱっかりと開き、俺でさえ見たことのない脳の隅々まで覗き、治療して命を救ってくれた恩人だ。

看護師に彼女はいまどこにいるのかを聞くと、やや嫉妬《しっと》が混じった口調で、元の大学病院に戻ったと教えてくれた。

真紀は日本でも一、二を争う優秀な脳外科医で、どうやら爆弾テロで頭部にひどい損傷を負った俺の脳の蘇生《そせい》手術をするために、特別に派遣されて来ていたらしい。

それほど、俺の脳の手術は難しかったということと、俺を生かしておかねばならない事情があったということなのだろう。

それから一週間ほどが過ぎると、板垣局長と日野中佐が三日と空けずに病室を訪れ、まるで容疑者を尋問するかのように、毎回、しつこく質問攻めにあわせるのだった。

時には、俺をただ脅したりすかしたりするだけではすまず、一生遊んで暮らせそうな何億円もの巨額な報奨金《ほうしょうきん》をちらつかせたり、反対に地下牢《ちかろう》に閉じ込める終身刑に処《しょ》すると脅しをかけた。

ある時には、嘘発見器にかけられたり、また別の時には、拷問《ごうもん》まがいに長時間睡眠も取らされずに尋問された。

後で知ったことだが、あの斎藤女医が板垣局長のさらに上の上司に直談判してくれたお陰で、徹夜の尋問は打ち切られたらしい。

あの時、日野中佐が「おまえは、あのクソったれ女医とどういう関係にあるんだ？まさか、あいつと寝たんじゃないだろうな」と毒突いていたのは、そのせいだったのだ。

考えてみれば、斎藤女医が俺の担当を外れたのは、それから間もなくのことだった。

# 3

ドアにノックがあった。

物思いに耽《ふけ》っていた俺は、思わず我に返った。

「どうぞ」

ドアが開き、白いブラウスに黒いスーツ姿の若い女が部屋に入ってきた。黒のサングラスをかけ、黒髪をひっつめにして、後ろで結んでいる。

色白の顔に肉感的で形のいい唇には、エナメルのような光沢のある真紅のルージュが引かれていた。

ブラウスは胸のあたりが盛り上がり、ウエストが細く、女王蜂のようにくびれている。

ミニのタイトスカートは腰や尻の魅力的なラインをくっきりと露《あらわ》にしている。ほっそりとしているが、強靱《きょうじん》な筋肉を秘めた両脚が、ミニスカートからすらりと見えていた。

女は後ろに、二人の護衛を従えていた。

一人はプロレスラーを思わせる大男で、ゆったりとした派手なアルマーニのジャケットを着込んでいる。坊主頭にはユダヤ教徒が被るような丸い帽子を乗せていた。顔の大きさの割りに、不釣り合いな黒のサングラスをかけている。

もう一人は中肉中背の若い男で、ゆったりしたダークブルーのブレザーを着て、赤いタイを結んでいる。ブレザーの上着の胸のあたりがかすかに膨《ふく》らんでいるのは、脇の下に銃を所持しているからだろう。

女と同じ形の黒いサングラスをかけているので、顔は見えないが、鼻筋や面立《おもだ》ちは整っており、外国人の血が四分の一か、少なくとも八分の一は混じっていることを窺《うかが》わせた。

三人とも、お揃《そろ》いのサングラスだった。眼鏡の蔓《つる》が太い。耳に肉色をしたイヤフォンを差し込んでいる。

俺は戸惑いを覚えた。

彼ら訪問者に対してではない。どうして瞬時に、サングラスに仕掛けてある電子装置のことや耳に差し込んであるイヤフォンに気づくことができたのか、ということに対してだった。

「あんたたちは？」

「シッ」

女は真っ赤な唇の前に、細い人差し指を立てた。

大男はさりげなく女の背後に立ち、護衛している。ブレザー姿の若い男は、窓の外や病室の中をチェックしていた。

女はベッドの周りを調べ始めた。そして、枕元のテーブルにあった花瓶から花を抜き取ると、底から小さな碁石《ごいし》のようなボタンを剝がした。

女はそのボタンを、花瓶の水の中に放り込んだ。

ブレザーの男は、コルクボードに留めてあった押しピンを抜いた。

「クリア」

一見、押しピンに見えるが、小さなレンズがついている。

「盗聴器と盗撮用マイクロカメラ。どちらもメイド・イン・コリア。やつらのよ」

俺は誰かに監視されていたらしい。しかし、いったい、誰に。

「大丈夫。これで誰にも話は聞かれない」

女は俺に囁いた。俺は呆然《ぼうぜん》として、女たち三人を見つめた。

こいつらは何者なのだ。

廊下には警備の警官がいる。エレベーターに乗り込む時も、警官に身分証を提示しなければならない。

それらをクリアしたということは、普通の訪問者ではない。

沈黙の後、女はサングラスを外した。大きな鳶色《とびいろ》の瞳が俺を見据えた。瞳に複雑な感情の揺れが見える。

何から切り出したらいいのか、迷っている気配だった。半開きにした唇から、白い歯がこぼれて光った。

「きみらは誰だ？」

「きみら？」

女は一瞬、言葉に詰まり、目をしばたたかせた。

「意外に元気そうね。ゾル、安心したわ」

「ゾル？　それは俺のことか？」

「そう。あなたは、自分がゾルであることも忘れているのね」

女の瞳に哀しみの色が滲《にじ》んだ。だが、それも一瞬のことだった。

「わたしはカナ」

カナと名乗った女は、プロレスラーを思わせる大男を見た。

「ゾルのことだ、すぐに自分のことを思い出すさ」

大男はカナを慰《なぐさ》めるようにいい、俺に目を向けた。

サングラスをかけているので、やつの目を見ることはできなかったが、左頬の筋肉の動きから、左目で俺にウィンクしたことが分かった。

「おれは弁慶《べんけい》。もっとも、そう名づけたのはあんただが……」

俺は訳が分からず、肩をすくめるしかなかった。

弁慶はブレザーの男に顎をしゃくった。

「自分はソヌ。エンジニアだ」

ソヌと名乗った男は、俺をじっと見つめた。

「ゾル、あんたが記憶喪失になったのは、罪滅ぼしなんだろうな」

ソヌはひんやりとした声でいった。

カナは頭を振りながらいった。

「罪滅ぼしはしているわ。十分過ぎるほどにね」

弁慶が鼻の先で、ふんと笑った。

「おれたちが記憶喪失にならないのは、まだ罪滅ぼしができてねえってことか」

俺は何といったらいいものか、分からなかった。

罪滅ぼしをしようにも、自分がどんな罪を犯してきたのか知らないのだ。

「ゾル、あなたを迎えに来たの。ここは危険よ。わたしたちと一緒に来て」

カナはサングラスをかけた。鳶色の瞳を見ることができなくなったので、俺は不機嫌な声でいった。

「退院の許可が出ていない。リハビリもまだ完全ではない」

カナはスーツの内ポケットから一通の書類を出して、俺に突きつけた。

「これが退院許可証よ。リハビリは家へ帰ればいくらでもできる。心配しないで。今後の責任はＲＰＦの特攻機動隊ＳＤＡＫ《スダック》が取るわ。たとえ、相手が国家情報局だろうが、内閣情報調査局であろうが、わたしたちがあなたを守る」

俺はカナの話の内容に、頭の回転が追いついていかなかった。

「ＲＰＦ？」

「革命警察軍、レボルーショナル・ポリス・フォース。特攻機動隊ＳＤＡＫは、われわれ特殊工作ユニットのこと。詳しい説明は後にする。さあ、支度《したく》をして」

俺はパジャマ姿だった。支度するといっても、私物は何も持っていない。

「俺はあなたたちのことを知らない。知らない者に付いて行ってはだめだと、子供の頃に親からいわれた」

俺は思わず、自分でも訳の分からない冗談を口にした。

「ゾル、あなたはわたしたちの大事な仲間だったのよ。それをあなたが忘れているだけ。わたしたちを信じて」

突然、ソヌが耳のイヤフォンに指をあて、カナと俺に向かっていった。

「何かがここに急速接近している」

「いけない。やつらだ」

カナは弾かれたように俺の腕を摑み、出入り口へ引っ張った。ソヌがドアを開けて、廊下へ走り出る。

　大男が俺たちを背後から押した。

「さあ、逃げて」

「どうしてだ」

「説明は後だ。ともかくここから離れろ」

　俺は二人に両腕を取られるようにして、廊下に走り出た。先に行くソヌが、立ち塞《ふさ》がる警官たちを突き飛ばして道を開いた。

「こっちだ」

　ソヌは階段のドアのロックを解除し、鉄製のドアを開けた。

　カナと弁慶に腕を取られて、俺は階段の踊り場に飛び込んだ。ソヌが鉄製のドアを閉めた。

「伏せて！」

　カナが大声で命じた。

　俺は咄嗟《とっさ》に、カナと一緒に階段に蹲《うずくま》った。

　弁慶が俺たちを庇《かば》うように躯全体でのしかかり、ソヌは壁に張りついた。

　ほとんど同時に爆発が起こり、鉄製のドアが蝶番《ちょうつがい》ごと外れて噴き飛んだ。

　爆風が吹き抜ける。コンクリートの破片が、階段にばらばらと音を立てて降ってきた。

ミサイルだ。

俺は直感的に理解した。病室にミサイルを撃ち込まれたのだ。病室でぐずぐずしていたらと思うと、背筋に冷汗が流れた。

「大丈夫？」

カナが俺の方を見て聞いた。

「大丈夫だ」

俺はしっかりとうなずいた。

弁慶が俺とカナを引き起こした。

「撤収《てっしゅう》！　ムーブ、ムーブ」

カナが大声で怒鳴った。

ソヌが拳銃を片手に、先に階段を駆け降りて行く。

火災報知機が作動した。全館に非常ベルが鳴っている。

俺は三人に急《せ》かされるようにして、階段を必死に駆け降りた。十五階から一挙に駆け降りるのは辛い。下の階が近づくにつれ、膝が笑い、息切れがして、胸の動悸《どうき》が激しくなった。

まだリハビリを始めて日が浅い。十分な脚力はついていない。

「俺が運ぶ」

有無をいわせず、いきなり弁慶が俺を背負った。

ソヌが先に行き、俺を背負った弁慶が続く。しんがりにカナがついた。

四人は一階のロビーに飛び出した。ロビーは駆け付けた消防士や警官、救急隊員、外来患者や見舞い客で大混乱の状態だった。

「警察よ、どいて、どいて」

カナとソヌが銃を手に、人込みを掻き分けて道を開く。わずかばかり開いた人込みの隙間に、俺を背負った弁慶が走り込み、突破する。

四人は一塊《ひとかたまり》になって、病院前の広場に飛び出した。

カナとソヌは拳銃を手に、あたりに警戒の目を走らせた。弁慶は俺を道端に置いた。

カナが喉元に手をあて、無線マイクに向かって車を寄越すよう要請している。

俺は警察病院の最上階に目をやった。

爆発によって、俺が入っていた部屋のあたりは大きな穴が開いていた。黒煙が穴からもうもうと噴き出している。

あちらこちらから、消防車がサイレンを鳴らしながら、通りを走ってくる。野次馬《やじうま》が立ち止まり、病院の建物を見上げていた。

背後に車の走り込むタイヤの音がした。ブレーキ音が高鳴る。はっとして振り向くと、眼前に一台の黒いライトバンが急停車した。

同時にドアが開いた。弁慶が俺の軀を車内へ押し込んだ。カナが潜り込み、ソヌと弁慶が続いた。

ドアが閉まらぬうちに、ライトバンは急発進した。警笛が鳴り響いた。ライトバンの屋根の赤灯が回り、サイレンが鳴りだした。

ライトバンは猛然と速度を上げ、九段《くだん》の方角へ走りだした。

「ゾルを無事回収した。本部へ向かう。終わり」

カナは喉元を押しながら、無線マイクに囁いていた。

「危なかったな」

大男の弁慶は、眠そうな目を俺に向けていった。

ソヌは自動拳銃シグを、脇の下のホルスターに戻した。

「まったく。電子班が警告してくれなかったら、俺たちも一巻の終わりとなるところだった」

サングラスを外したソヌは、俺が好きな映画俳優の誰かに似ていると思った。もっとも、その映画俳優の名前も、思い出せなかったが。

いつの間にか、全員、サングラスを外していた。

運転席の若い男と、助手席の中年男が車内の俺に振り返っていった。

「お帰りなさい、ゾル」

「ウエルカム・ホーム」

俺は戸惑った。訳が分からないままに、現実を受けとめることはできなかった。

「あんたたちのことも、ゾルは覚えていない。記憶が戻るまで、ゾルはゾルではないから、みんなもそのつもりで」

カナがいった。運転手の若い男と、助手席の中年男は、顔を見合わせて肩をすくめた。

カナは座席に黙って座っている俺に向き直った。

「あらためて自己紹介する。わたしは山本加奈《やまもとかな》。RPFの主任特命捜査官。階級は中尉だったが、先日、昇進して、あなたと同格の大尉になった。SDAKのユニット・サブリーダー。ただし、あなたの方が先任だから、あなたが上級指揮官だ」

俺はまじまじと、加奈の顔を見つめていた。何もかもが初めて聞く言葉ばかりだった。

RPF（革命警察軍）からして、まるで聞いたことのない組織だ。そんな警察組織が、昔からあったのだろうか。

そもそも、特攻機動隊SDAKとは何なのだ。

「ゾル、そんな深刻な顔をしないでくれ。あんたらしくない。もっともいまのあんたではなく、昔のあんたのことだけどな。いまに少しずつ思い出していくさ」

大男の弁慶が、眠そうな目を俺に向けた。目蓋が分厚いので、眠そうに見えるだけなのだろうが、それにしてもサングラスを取った顔は凄味《すごみ》がなくなり、稚《おさ》ない子供に見える。

「俺もＲＰＦの特命捜査官だ。階級は准尉《じゅんい》。本名 磯神真妙《いそのかみしんみょう》。名前で分かると思うが、神主《かんぬし》の跡取り息子だった。ある時、あんたにリクルートされてＲＰＦに入ることになった。本名では覚え難いので、あんたが付けてくれた名が弁慶だ。俺も気に入っている」

「弁慶がリクルートされた時の話は傑作《けっさく》だったな」

ソヌがにやっと笑った。加奈も知っているらしく笑いを堪《こら》えて下を向いた。

弁慶は不機嫌な顔になり、ソヌに中指を押し立てた。

「余計なことをいうな。ソヌ。たとえ、階級が上であっても許さんぞ。俺の上司ではないのだからな」

ソヌは両手を挙げて、降参の姿勢を取った。

「分かった分かった。それはあんたの問題だ。俺が口を出すことではない」

「そうだ。おまえは自分のことを紹介すればいい」

「俺は鮮于仁《ソヌ・イン》。脱北者だ。日本国籍は取っていない。共和国籍ではなく、韓国籍を取っている。俺もあんたにエンジニアの腕を見込まれて、リクルートされた。俺もＲＰＦの特命捜査官だ。階級は工兵《エンジニア》中尉」

「どういう分野のエンジニアなのだ？」

俺はソヌに聞いた。ソヌは信じられないという面持ちでいった。

「本当に俺のことを思い出せないらしいな」

「すまない」

俺は自分が情けなかった。

「記憶喪失なんだから仕方がないな。つまり工兵が扱うことなら、何でもやるということだ」

「たとえば？」

「爆弾から銃器、電子兵器、毒ガス兵器、生物兵器等々、何でも扱う」

弁慶が付け加えるようにいった。

「ソヌは元朝鮮人民軍第八特殊軍団工兵部隊の特務下士官長殿だった。こちらの軍制でいえば、特務曹長だ。いろいろ個人的な事情があって、ソヌはあちらの国から脱走して、こちら側に来たってわけだ。そうだよな？」

「まあな」

「その事情について、ゾルは知っているのだろう？」

「うむ。ゾルにはちゃんと話してある」

「悪いが、どうしても思い出せない」

俺は頭を抱えた。考えようとすると後頭部が疼《うず》きだす。

ソヌは俺を見ながらいった。

「その事情というのは、あの国の指導者についての極秘の情報だ。俺のほか数人しか知らない秘密だった。正直にいえば、ゾルは俺がそのことを話したので、俺を信用し、RPFに入れてくれた」

「だったら、それをゾルに話したらどうだい？　もしかしたら、ゾルが記憶を取り戻すきっかけになるかもしれないぜ」

「だとしても、いまは話したくない。話したくても話せないんだ」

頭を左右に振るソヌを見て、弁慶は訝《いぶか》った。

「話したくても話せない？」

「ゾルの命令なんだ。時機が到来するまで口外無用、誰にも絶対に話すな、という命令を受けていたんだ」

ソヌは俺の顔を覗き込んだ。

俺がまた頭を左右に振ると、加奈が口を開いた。

「そうね。以前のゾルから、そういう命令を受けているのなら話してはいけない。その時機は、まだ来ていないのだろう？」

「まだだ。作戦がうまくいっていたら、その時機が到来していただろうが」

その時、助手席の中年男が振り返った。

「班長から、我々のことも紹介してくれませんか」

「ああ。いいだろう」

加奈は俺の方を向いていった。

「助手席の彼は開田雄司《かいだゆうじ》、階級は上級軍曹。狙撃手《スナイパー》だ」

中年男はちょこんと頭を下げた。頭頂付近の髪が薄く透けていた。

紺色の背広上下を着ていて、あまり風采もあがらないので、普通のサラリーマンにしか見えない。

「開田の凄いところは、冬季オリンピックに日本代表として出て、射撃部門で堂々銀メダルを受賞していることだ。ゾル、あんたが彼の狙撃の腕を買って、ＳＤＡＫに入れた」

開田は俺を見て、にやっと笑った。

「開田軍曹も北からの越境者だ」

「北からの越境者？」

俺が聞き返すと、加奈はうなずいていった。

「開田の郷里は、ロシア占領地区の北海道だ。徴兵《ちょうへい》されて、ロシア軍の狙撃部隊に配属されたが、ある時、隙を見て部隊を脱走した。漁船に乗って軍事境界線の津軽《つがる》海峡を越え、本州に逃げて来た。開田軍曹、おまえの両親姉妹は、まだ北海道にいるんだったな」

「はい」

開田は悲しげな顔でうなずいた。

ロシア占領地区北海道？

ロシア軍に徴兵されて、狙撃部隊に配属された？

軍事境界線の津軽海峡？

気を失っていた間に、何がどうなったというのだ。

俺は頭が混乱した。

いったい、加奈は何をいっているのだ。

俺は訳が分からずに、呆然としていた。

加奈は俺の戸惑いもかまわずに続けた。

「運転しているのは、和泉勇也《いずみゆうや》伍長」

和泉はバックミラー越しに会釈《えしゃく》した。五分刈りの坊主頭をしている。細い目の太々しい顔をした男だった。まだ二十歳そこそこにしか見えない。

「和泉も越境者だ」

「和泉も北海道からの越境者だというのか？」

俺は思わず目を見開いて聞いた。

「いや、和泉は西日本からの越境者だ。彼はもともと、被占領地区大阪のミナミに生まれ育った。高校生の頃、ミナミで暴走族を束ねる総番長になっていた。和泉は車の運転が巧《うま》い。共和国の公安警察をさんざん暴走で翻弄《ほんろう》した。そのために、共和国から反革命分子、反動分子の指導者として、西日本全域に指名手配された。生死を問わずという、厳しい手配だった」

西日本からの越境者だと？

大阪も占領されている？

俺はあんぐりと口を開けて、加奈の話を聞いていた。

「和泉は装甲車をぶん捕って、軍事境界線を強行突破し、こちら側へ亡命した。公安はそんな和泉を、共和国が送り込んできたスパイと決めてかかって捕まえた。それを知ったあなたは和泉に面会して話を聞き、本当のことを喋《しゃべ》っていると信用した。そして、彼を運転専門の兵士として、うちにリクルートした」

「ちょっと待て。共和国ってどこの国のことだ？」

加奈は一瞬、息を止め、俺の顔をまじまじと見つめた。

俺は思い切っていった。

「まさか、北朝鮮のことか？」

「昔はそういっていた。いまは南北朝鮮が統一されて、高麗《こうらい》共和国となった。本当に、そんなことも分からなくなったというのか？」

加奈が驚くのを見ながら、俺はうなずいた。

「初めて聞く」

弁慶が、目をぱちぱちと瞬《しばたた》かせた。

「おいおい、マジな話かい？」

「ああ」

俺は頭を抱え、呻《うめ》くようにいった。疼痛《とうつう》が頭を襲った。

「頭が痛くなった」

嘘ではなかった。一日の間に、いろいろなことが起こり過ぎたのだ。考えをまとめたりすることができないほど、頭の痛みは激しくなっていた。

「真面目な話らしい。さっきから見ていたが、ゾルはただの記憶喪失ではなさそうだ」

ソヌが溜め息混じりにいった。加奈も心配そうに俺を見つめている。

俺は頭を抱えたまま、座席に横になった。頭を動かさなければ、痛みを我慢できる。

車内には気まずい沈黙が満ちた。

「班長、まもなく高速を降ります」

開田が無機質な声で告げた。

加奈は「分かった」と返事をした。

「尾行はないか点検しろ」

弁慶と開田、ソヌの三人が車窓から、後続の車や上空をチェックした。

「不審車両なし」

「不審なヘリ、航空機の機影なし」

加奈は俺を見ながらいった。

「本部に優秀な精神科医を用意してある。着いたら、すぐに診《み》てもらおう」

ライトバンは関越《かんえつ》自動車道路を降り、緑濃い雑木林の中の舗装道路を走りだした。

木漏れ日がライトバンの車窓を過る。

やがて緑濃い松林の中に、迷彩《めいさい》をかけた三階建ての平べったいビルが見えてきた。

ビルの周囲を高い金網のフェンスが囲んでいる。

ライトバンは衛兵が立っている門の前に走り込んだ。開田が衛兵隊長に、入構許可証を提示した。

三人の衛兵が車内や車の底部を調べて回った。衛兵隊長が、オーケーの合図を出した。

門の扉が開き、ライトバンは敷地の中に入った。ゆっくりとライトバンは、建物の地下駐車場へ走り込んでいく。

俺は車窓の外の移りゆく景色を眺めながら、自分は気が狂ってしまったのではないか、と不安になっていた。

# 第2章　私はゾル

## 1

ウエルカム・ホーム。

お家《うち》にお帰りなさい。

出迎えてくれた人たちは、一様に笑顔でそういってくれた。若い女性たちは赤い薔薇の花束まで用意してくれた。

俺は曖昧な笑顔を浮かべて「ありがとう」と礼をいって花束を受け取ったものの、戸惑うばかりだった。

そもそも「うち」がどこなのか分からず、実感が湧いてこないのだから仕方がない。依然として、俺の本当の居場所はここではないのかもしれない、どこか別のところに、俺の居場所はあるはずだという思いが、拭《ぬぐ》い去れないでいた。

警察病院から拉致《らち》されるように攫《さら》われて、入れられた先もまた病室のような殺風景な部屋だった。

部屋は三階にあり、窓の外には雑木林の緑が一面に拡がっている。

病院の部屋は十五階にあって見晴らしこそよかったが、空中に浮いている気分になり、地に足が着いていない感じだった。

いまはそうではない。部屋から出て、一階に降り、庭に出て散歩もできそうだった。まだ、そういう気分にはなれないが。

部屋は白い壁に囲まれ、いかにも衛生的な雰囲気で、部屋の一角に白いシーツをかけたシングル・ベッドがひとつ設置してある。

部屋の中央に、パソコンのセットが備えつけてある。壁には作りつけのクローゼット。中は覗いていないが、下着類やシャツ、スーツの類《たぐい》が入っているらしい。

ほかに家具らしい家具はない。

出入り口のドアを開けると、がらんとした廊下があり、警備の警官や兵士の姿はなかった。

加奈からは、建物の中ならどこへでも行っていい、といわれている。

だからといって、まだ気分がすぐれないので、探検はしていない。

その日は夜まで、さまざまな医師たちの問診と検査につぐ検査が行なわれた。

警察病院からきているはずのカルテをまるで信用していないのではないかと思うほど、徹底した検査だった。

ＭＲＩで全身を隈無く輪切りにされ、さらにＣＴエコーで腹部の臓器を念入りにスキャンされた。その上、ご丁寧にもエックス線検査だ。人工肢腿となった右脚は特に念入りにエコー検査された。血液は何百ｃｃと抜かれ、どこかへ持っていかれた。口の中を引っ掻き回され、虫歯の治療痕や歯形を取られた。念の入ったことに、両手両足の指紋や掌紋《しょうもん》も取られた。

瞳孔やら紅彩、目の網膜の模様まで撮影された。毛髪はもちろん、爪や唾液《だえき》のサンプルも取られ、ついには精液の提供まで求められた。

さらに肛門まで検査され、文字通り尻の穴の毛まで数えられたような思いだった。すべての検査が終わったのは、深夜の消灯時間だった。検査を受けるのは、結構疲れるものだ。俺はくたくたになり、その夜は睡眠薬もなしに寝入ることができた。

翌朝、目が覚めた時、昨夜は夢らしい夢を見ていないことに気づいた。夢は見たのだろうが、まったく覚えていないのだ。

警察病院にいた時、毎晩のように見た夢は何だったというのか。もしかすると、あれは何かの薬の影響だったのかもしれない。

「こちらの施設」としか、いまはいいようがないのだが、ここに移されて一番よかったのは、薬漬けの毎日から解放されたことかもしれない。

こちらの医師団は、まったく薬を処方しなかった。

俺が頭痛とか、軀の痛みとか、不調とかを訴えなかったせいもあるかもしれなかった。

## 2

部屋のベッドで朝食を摂《と》っていたら、開けてあるドアに、コンコンとノックがあった。

顔を上げると、制服姿の山本加奈がドアのところに立っていた。

俺はちょうどグラスに入ったミルクを飲もうとしていた時だった。思わずグラスを口にあてたまま、まじまじと制服姿の加奈を眺める。

濃紺のブレザーに、尻の曲線がくっきりと出たミニのタイト・スカート。スカートからはすらりとした細い脚が覗いている。ショートカットにした黒髪の頭には、濃紺と白がアレンジされた帽子が載っていた。

女性警察官というよりも、ＷＡＣ（ワック）といった女性陸上自衛官を思わせた。

「おはよう、ゾル」

「あ、おはよう」

「ご機嫌いかが？」

「いいはずない。まだ病人なのだから」

「そんなことはないわ。ほぼ全快よ」

加奈はベッドの脇に丸椅子を置き、可愛《かわい》いお尻を乗せた。いい香りが漂っている。シャネルの５番だろうか。

しかし、どうしてそんなことを、俺は知っているというのか。

加奈は俺の顔を覗き込むようにしていった。

「ドクターから検査結果を聞いた。大丈夫。もうあなたは軀の面では健康そのものよ。だから、今日から弱った体力を取り戻すためのリハビリが始まるはずだわ」

「心の面では、まだ病人ということかい？」

「ま、そういうことね。でも、体力を取り戻せば、心の方も元気になり、いろいろ思い出すだろうって」

「だったらいいのだが……。思い出すのが恐いような気もする。このまま一生思い出さない方がいいのかもしれないいなんてね」

「なぜ？」

加奈の瞳が俺を見つめた。加奈の瞳は、静かな湖のように澄んでいた。

「そんな予感がするだけさ」

「ゾル、あなたは重要な人物よ。革命警察軍にとっても、わたしたちＳＤＡＫにとっても、絶対に戻って来てほしい大事な人なの。あなたが知っている秘密が、これからの世界を変えることができるかもしれない。あなたを必要としている人が、たくさんいるということを忘れないでね」

加奈は優しい目をした。俺は加奈が、嘘をついていないことを確信した。口だけでなく心からそう願っているのが、びんびんと伝わってくる。

「でも、あなたに思い出されては、困る人たちがいるのも事実。だから、彼らはあなたをどうにかして、抹殺《まっさつ》したいとも考えている」

「昨日、俺の病室にミサイルをぶちこんだ連中のことをいっているのかい？」

「彼らもそう。でも、彼らだけではないわ」

「そいつらは、いったい誰だというのだ？」

「おおよその見当はついているけど、わたしたちの敵は輻輳《ふくそう》しているの。どこに潜んでいるのか分からない。もしかしたら、身近な味方の中にも紛れ込んでいる可能性がある。それは、あなたが記憶を取り戻してくれれば、はっきりすることだわ。だから、焦らずじっくりと体力を恢復して、記憶も取り戻してほしいのよ」

俺は何とも答えようがなく、黙るしかなかった。

それよりも、あまりに知らないことが多すぎるような気がするのだ。そのことの方が不安だった。

過去の記憶は忘れても、現実の生活に必要な事柄や常識的な事象までは忘れていなかった。

たとえば、車の運転とか、電車の乗り方、食事の仕方、読み書きや計算、電話やパソコンの使い方などである。そして、会話に出てくる社会の常識、知識も忘れてはいない。

それなのに、俺は自分が何をしていたのか、どんな仕事に従事しているのか、まったく分からなくなっているのだ。

俺がいろいろいわれて判ったことは、自分が警察官で、しかも特別な任務を持った捜査官であったということだった。

だが、詳しいこととなるとまったく思い出せないのだ。

「ともかく、焦らないこと。局長や上司がうるさくいってきているけど、わたしたちがあなたを守るから安心して。たとえ、総理大臣や統一庁長官の命令があっても、あなたを渡さないわ」

「悪いが、そのわたしたち、というのは何なのだ？」

「革命警察軍の特攻機動隊ＳＤＡＫ。あなたのユニットチームよ」

「スダック？　それが何なのかが思い出せないんだ。教えてくれ」

加奈は溜め息をついた。

「話せば長くなる。どうして革命警察軍に特攻機動隊ＳＤＡＫが創られたのか、何をやってきたのかは、後で時間をかけてゆっくりと話してあげる。いまはこれだけ覚えておいて。ＳＤＡＫは、サーチ（捜索）＆デストロイ（破壊工作）、アタック（攻撃）＆キル（殺害）の頭文字を取った特攻機動隊であると」

「捜索して破壊し、攻撃して相手を殺す？　それは警察がやる仕事か？　まるで軍の特殊部隊ではないか」

「そうね。でも、あなたは、そのＳＤＡＫのユニットリーダーだった。だったと過去形を使ったけど、いまもまだそう。これからも、ずっとあなたがリーダーでなければならないの。でないと、ＳＤＡＫのプロジェクトは解消され、ユニットは解散させられてしまう。そうなったら終わりだわ。わたしたちがこれまでやってきたことが、すべて水泡に帰してしまう。喜ぶのは敵だけ。それから口先だけで敵対していて、実際には内通している現状維持派。世の中を、いまのまま変えたくない人たち」

「そのプロジェクトって何なのだ？」

「それは、ゾル、あなたが一番よく知っていた。あなたが、そのプロジェクトを創った人なのだから。それをあなたに思い出してもらいたいのよ。あなたがリハビリを続け、身も心も受け入れる準備ができたら、わたしたちは自分たちが知っている限りのことをすべて教えるわ。でも、いまはまだその段階ではない。もし、中途半端にあなたに教えて、それが万が一にも敵に漏れたら、わたしたちに協力してくれている人たちが大勢殺されることになる。だから、いえないの。いまはとにかくリハビリに努めて」

加奈の目は真剣だった。その瞳に嘘の光はなかった。俺は加奈を信じることにした。

「分かった。しばらくはリハビリに専念する。ほかに、俺にできることはないか？」

加奈は一応、あたりに人がいないのを確かめてから口を開いた。

「嘘をついてほしいの」

「どんな嘘を？　どうせなら、壮大でこの上なく美しい嘘をつきたいね」

加奈は鼻の先に小皺を作って、ちょっと笑った。

「そういうところ、昔のゾルのままだわ。嘘というのは、あなたがＳＤＡＫのことは、すべて覚えているということ。局長も長官も、もし、あなたがＳＤＡＫのことも忘れていると知ったら、きっと解散させられる。そうなっては、元も子もないの。局長や長官は、あなたが記憶喪失をした振りをして、敵の目をごまかし、なおプロジェクトを遂行《すいこう》しようとしていると思っている」

「本当に、覚えていないんだ」

「わたしは分かっている。でも、ユニットのメンバーたちも、あなたが本当に覚えていないとは思っていない。たとえ記憶を喪失していても、一時的なものだ、きっとあなたは復帰する。そう信じている。だから、あなたは当分の間、ＳＤＡＫのことと、わたしたちが推進していたプロジェクトのことは知っているという振りをしていてほしいの」

「できるかどうか、自信がない」

　俺は首を左右に振っていった。

「大丈夫、わたしが補佐するから。それに敵はあなたが記憶を喪失していないと思っている。だから、ミサイルであなたを殺そうとした。いまのところは、敵にそう思わせておけばいい。あなたが本当に思い出すまでの時間稼ぎをしておきたい」

「すべてを知っているきみの方が、ユニット・リーダーとして適任だと思うが」

「わたしはあくまで、ゾル、あなたあってのサブ・リーダーよ。プロジェクトにしても、わたしは一部しか知らない。ほかのメンバーも、自分の受け持ちのパートしか知らない。あなたなしには、全部を統合できないのよ。あなたはキイ・パーソンなの」

　その時、どこかで着信メロディが鳴った。加奈はバッグの蓋《ふた》を開け、携帯電話を取り出し、耳にあてた。

「はい。これから、そちらへ向かいます」

　加奈は短く答え、携帯電話の通話を切った。

「これから、本部へ出頭しなければならない。あなたの容体について報告させられるの。では、これで失礼するわ」

　加奈は席を立ち、挙手の敬礼をした。

　俺は反射的に答礼しながらいった。

「ちょっと待て。もう一つ質問がある。どうして、俺はゾルと呼ばれるのだ？」

「ゾルは選ばれた戦士の称号よ。誰にでもなれるというものではない。ゾルはドイツ語のゾルダーテンの略。ゾルダーテンは、兵士とか戦士の意味よ。英語のソルジャーにあたる」

「なぜ、俺は、そう呼ばれるんだ？」

「あなたがゾルだからよ」

「どうして、俺がゾルなのだ？」

「あなたは、ある国家機関の特別の訓練を受け、ゾルであることを認められた」

「その国家機関というのは何だ？」

「それは、わたしも知らない。あるという噂は存在するのだけど、表だっては姿を現さない、超国家機関なの。あ、いけない。もう行かなくては」

　加奈は腕時計に目を走らせた。

　その時、俺はゾルにはもっと何か別の意味があるように思った。すぐには納得できなかったが、加奈は急いでいるようなので、これ以上引き留めるわけにはいかなかった。

「じゃあ、ゾル。リハビリ、がんばって」

加奈はカツカツとヒールの音を鳴らして、部屋から出ていった。

俺は呆然としたまま、加奈の後ろ姿を見送った。

## 3

加奈が出ていくのと、入れ替わるように医師が現れた。

リハビリの前に医務室に連れていかれ、いろいろな検査を受けたが、体調は良好、記憶喪失を除けば、特に異状は見当らないというドクターのお墨付《すみつ》きをもらった。

リハビリの最初は、室内走行機によるジョギングからランニングだった。走行機には前と左右三面に立体ホログラムの風景が浮かぶ装置が付いており、走る速度に合わせて立体画面の風景が移動するので、いくら走っても飽きなかった。

しかも、風付きだ。こちらも走る速度に合わせて、通風口から軀に吹き寄せてくるので、まるで風を切って走っているような体感がある。しかし、外気のように、風に匂いはついていなかった。

山中《やまなか》湖畔一周コースとか、奥日光戦場《おくにっこうせんじょう》が原《はら》一周コース、北海道阿寒《あかん》山中コースなど、全国のあらゆる地方のコースがメニューに入っており、ランナーが自由に選択できるようになっていた。

といっても、インストラクターを兼ねたドクターが最初から、そんな長距離を許すはずがない。

初心者コースにあたる五キロメートルの皇居一周コースを皮切りに、徐々に距離や速度を増していくやり方である。

初めは思うように走れなかった。手術した右脚が痛むし、左脚の太ももの筋肉も引き攣《つ》り、一、二キロメートル走っては休むというざまだった。

だが、一週間も過ぎると、ドクターがいっていたように痛みもなくなり、休まずに走行を持続できるようになった。

十日も経つと筋肉痛もすっかり引いて、五キロコースの繰り返しでは満足できなくなった。三週間目からは十キロコースにメニューも切り替え、スピードも中学生レベルに上げた。

十キロコースを繰り返し行ない、速度や持久力がついたところで、一応、インストラクター付きのトレーニングは終了となり、後は自分で自由にメニューを選ぶことができるようになった。

もちろん、トレーナーの監視付きであることは変わらない。

怠《なま》けて、芦《あし》ノ湖《こ》一周コースをのんびりと景色を楽しみながらジョギングしていると、天井についたスピーカーから「それでは運動になりませんよ。もう少し速度を上げて」と警告が飛ぶ。

そんな時は、あえてトレーナーの警告を無視して、高原トレッキングを楽しみ、日頃の憂《う》さを晴らすのだ。

四六時中、誰かの監視下にあると思うと、俺は人間だ、動物園のパンダやチンパンジーではない、と怒鳴りたくなる。闇雲に、誰もいない自然の中に走りだしたくなる。

そもそも、毎日、病室まがいの個室とフィットネスクラブ、さらには水泳プール、食堂といった決まり切ったルーティン・コースしか自由にさせてくれないというのが理不尽なのだ。

たまには、このリハビリ施設を出て、本物の自然の空気を吸い、風を肌で感じて歩いてみたい。街へ買物に出て、スターバックスにでも立ち寄り、コーヒーを飲みたいものだ。

俺がそんなことをドクターやトレーナーにいうと、決まって返ってくる答はこうだ。

「わたしには外出を許可する権限がありません。上の方にいっておきましょう。もう少し我慢してください。そのうち、必ずオーケーが出ますよ」

走行機を使ったランニングとともに、筋肉トレーニングも始まった。

バーベルを使ったり、トレーニングマシンを使い、たるみきった筋肉に新しい刺激を与え、再生を図ろうという訓練だ。

こちらもトレーナーの作ったメニューをこなしていく。初めは簡単なものだったが、だんだんと日が経つにつれ、ハードになっていった。

そのうち、めきめきと腕や脚、胸や背中、腰などに筋肉がついていくのが分かった。かなりいい汗をかくようになると、また新しい訓練が開始された。

## 4

躯がだいぶ動くようになったある日、俺はトレーナーの下、訓練生たちに混じって、道場の畳の上に立っていた。

フィットネスクラブの隣にある道場で、俺は筋肉トレーニングをしながら、いつもガラス窓越しに、訓練生たちが実戦的格闘技を行なっているのを見ていた。

トレーナーの教官は、空手着の上に黒帯を締めていた。猪首《いくび》で胸板が厚く、がっしりとした体格をしていて、いかにも強そうだった。

訓練生たちも全員が黒帯で、引き締まった筋肉質の体格をしている。俺とあまり変わらない年齢だが、日頃、第一線で活躍する警察官たちのようだった。

教官は五十人ほどの訓練生を前に、俺を紹介した。

「本日は、特別にＳＤＡＫの西園寺大尉に来ていただいている」

訓練生たちは俺のことを知っているらしく、身じろぎもせずに目だけを動かし、こちらを注目していた。

「承知の通り、西園寺大尉は爆弾テロに遭遇して負傷。三ヵ月以上入院されていた。現在、慎重にリハビリ中だ。本日も体力恢復のため、格闘技コースに参加されたが、大尉はまだ本調子ではないので、みんなそのつもりで対応してほしい」

「押忍《オッス》！」

「押忍」

全員が一斉に声を揃えて返事をした。

俺は慌てた。格闘技の練習ということで、一応空手着を着てはいるものの、空手も合気道もやった記憶がない。それなのに、どういうわけか黒帯まで締めていた。

「教官、俺は空手なんかやった覚えはない」

「冗談が上手だな。ゾル。あんたが強いのは周知のことだ。お手柔らかに頼む」

「冗談ではない。俺は本当に覚えていないんだ。どうやるのかも思い出せない」

教官は大笑いしていった。

「大丈夫、大丈夫。忘れていても、あんたならできる。躯を動かしているうちに、自然と思い出すだろう。一度自転車に乗れるようになったら、死ぬまで自転車に乗れる。あれと同じだ。頭では思い出せなくても躯が覚えているものだ。心配ない」

教官は笑うだけで、俺を相手にしてくれなかった。

準備のための柔軟体操やストレッチをやり、躯をウォームアップしてから全員揃っての演武になった。

トレーナーの教官や隣の訓練生の躯の動きを見様見真似で、正拳突《せいけんづ》きや足蹴りをやるのだが、まったく空手の形にもなっていない。

さすがにトレーナーの教官も、心配になった様子だった。教官は俺の傍に来て、突きや蹴りを手取り足取り、教え始めた。

しばらく形の演武を行なった後、教官は「止めえー」と声を張り上げた。

「これより、各自乱取《らんど》りを行なう」

教官は訓練生たちを二人ずつ対面させ、乱取りの稽古《けいこ》をさせた。

俺は員数外だったので、誰もペアを組む相手がおらず、道場の端で座って、ぼんやりと訓練生たちの乱取りを見ていた。

しばらくすると、教官は何を思ったか、一人の訓練生を指名し、俺にいった。

「西園寺大尉、この男に稽古をつけてくれ」

「教官、無理だ。俺は何も覚えていない。軀も動かない。稽古なんかはつけることができない」

「大丈夫だ。あんたは実戦の人間だ。窮地に陥《おちい》れば思い出す。でないと、いつまで経ってもいまのままになってしまう」

教官はきっとした真剣な表情になっていった。

「押忍！　稽古をつけてください。お願いしますッ」

訓練生の男は目つきが鋭く、やる気まんまんだった。

こいつ、本当に噂通りの強い男なのか、自分がみんなに代わって試してやる。そんな気迫が伝わってくる。

「さあ、みんな、稽古を止めて、集まれ。これより模範稽古を行なう」

教官は訓練生たちを集合させ、正座させた。

俺は焦った。その場から逃げ出したくなった。何とか模範稽古をしないですむ方法はないかと思った。

「さあ、西園寺大尉」

教官は俺の腕を取り、無理やりに立たせた。

俺は観念した。乱取りといっても、本当に相手には打ち込まず、寸止めするはずだ。そうしないで、本気で乱取りをしたら、怪我人《けがにん》が続出してしまう。

俺は渋々と立ち上がり、訓練生の前に立った。

訓練生はしきりに左右の腕を動かし、突きの仕草《しぐさ》を繰り返した。落ち着かなく両足を動かし、筋肉を温めている。

「本職は警視庁第四機動隊武道小隊隊員、井上安将《いのうえやすまさ》巡査部長。お手柔らかにお願いします」

井上と名乗った訓練生は、立ったまままきちんと一礼した。見るからに強そうな筋肉質の男だった。

警視庁第四機動隊は「鬼の四機」と呼ばれて恐れられている、治安専門の部隊である。

その四機の中でも、武道小隊は柔道、剣道や空手などの有段者だけを集めた最強最精鋭の小隊であった。

教官は訓練生たちにいった。

「スダック（ＳＤＡＫ）は、おまえたちがやっているような逮捕を目的にした訓練はしていない。常に相手を殺すか、自分が殺されるか、という闘いを想定して訓練している。従って、寸止めなしだ。井上、おまえも遠慮はするな。おまえを殺そうとしている敵だと思え。大尉もきっと遠慮せずに、おまえを打ちのめすだろう。覚悟してかかれ」

「押忍」

井上は両手の拳《こぶし》で突きを繰り返し、うなずいた。

「教官、待ってくれ。俺は空手なんか思い出せない」

教官は俺を無視していった。

「空手でなくてもいい。実戦では、空手とか柔道とかの区別は意味がない。ともかくも相手を制圧するテクニック、技が必要だ。道場では見ることがない殺し方もある。大尉、それを生徒たちに見せてほしい。遠慮なしにやってくれ。生徒が怪我しても構わない。怪我をする方が悪いのだ」

教官は無理やり、俺と井上を向き合わせて叫んだ。

「では、両者、始め！」

井上の軀が、号令と同時にすっと動いた。

俺は思わず飛び退《の》いた。ついで襲ってくる足蹴りに備え、両腕を立てて構えた。

井上の軀が一瞬、停止したかのように見えた。次の瞬間、彼の軀が左足を軸にして、くるりと回転した。

シュッと風の音がした。目の端に彼の右足が迫ってくるのが見えた。

俺は反射的に軀を沈めた。頭の髪の毛を擦《こす》って、井上の足刀が過《よぎ》った。

ほっとする間もなく、井上の軀が動いた。

正拳の突き。

思わず左の側腕で、相手の右手の突きを払い除《の》ける。続いて襲ってくる左拳の突きを、右の側腕で払った。

次は蹴りがくる。頭に警告が響いた。

蹴りが届かぬよう間合いを取るため、後ろへ飛び退いた。

だが、井上はすすっと前へ出て、間合いを詰め、俺を逃がさなかった。

正面から右足の強烈な蹴りが俺を襲った。反射的に両上腕を交差させ、相手の蹴りを受けた。

両腕に衝撃が走り、じんと響いた。

それはダミーの蹴りだった。両腕で受けた直後、がら空きになった顔面に、井上の左足が真っ直ぐに伸びてくるのが見えた。

俺は仰《の》け反《ぞ》って、足を避けようとした。

次の瞬間、顎に強烈な電撃が走った。目から火花が飛び散った。

躯もろとも宙に吹き飛んだ俺は、背中から道場の硬い板の床に落ちた。

背中に激痛が走った。そこまでは覚えている。

それから、いつも夢で見ていたように、真っ暗な奈落に落ちていくのを感じた。

# 5

気がつくと、部屋のベッドの上だった。

あたりが喧《やかま》しかった。顎がずきずきと痛むのを感じ、顔をしかめた。顎から喉にかけて濡れたタオルがあててあった。

「おいおい、カナ、本当に大丈夫なのか。ゾルがこんな具合でよ」

弁慶の声が響いた。

続いて別の男の声が応じた。聞き覚えのない声だ。

「まったくだ。敵と戦いながら、リーダーのお守りもしなければならないなんてことになったら、俺たちはいくら命があっても足りないぜ」

「それにしても、ゾルが新米の訓練生に一発でのされるなんて信じられない。もうゾルは、以前のゾルではないってことか？」

嘆くようなソヌの言葉が聞こえた。

「記憶喪失になったら、銃の操作や格闘技なんかも忘れてしまうということですかね」

今度は開田軍曹のようだった。

「ともかく、もう少し様子を見ましょう。ボスも、そういっているんだから」

加奈の声が、みんなの苛立ちを静めた。

俺はようやくベッドの上で身を起こした。

「お、気づいたらしいぜ」

弁慶がソファから立ち上がると同時に、加奈が歩み寄ってきた。

「どう、具合は？」

「俺は、どうしたというんだ？」

「覚えていないの？」

「いや、かすかに覚えている。井上という訓練生と模範試合をやらされた。俺はだめだといったのに」

「見るかい？」

弁慶はテーブルに載《の》せてあるパソコンのディスプレイを指差した。ソヌがディスプレイの向きを変え、ベッドから見えるようにした。

井上訓練生と俺が向き合うところから、画像が動きだす。

教官の「始め！」という声と同時に、井上がすり足で俺に向かうのが見えた。

俺は飛び退き、間を取ろうとする。それから、井上がワンツージャブのような突きを入れ、俺が腕で払う。

思い出した。その後、井上の回し蹴りを躯を躱《かわ》して逃れるが、続く連続の蹴りを避け切れず、まともに顎に蹴り上げを受け、吹き飛ばされて転がったのだ。

「はい、ストップ」

ソヌがそういって、画像を止めた。

画面の隅に示されたカウンターは00・04・21で停止していた。

わずか4秒21で、KOされたというわけだ。

「おいおい、負けるにしても、もうちょっとやりようがあったんじゃねえのか。相手を痛めつけてからとかよ」

弁慶が悲しそうな声でいった。

スキンヘッドの男が同調した。かすかではあるが、どこかで会ったような記憶がある。

「まったく、一発も相手を殴らずにやられちまうなんて、ゾルらしくもない」

「いや、本来のゾルだったら、絶対に一秒もかからず相手をのしていただろうぜ」

弁慶は溜め息をついた。

腫《は》れた顎が、しくしくと疼《うず》いた。

俺はこれまでSATの対抗試合で、相手に負けたことがないというのに。

その時、俺ははっとした。何かを思い出したような気がしたのだ。

警視庁機動隊SATの第一班。俺はその班長だったのではなかったのか。

スダック（ＳＤＡＫ）なんかではない。ＳＡＴだ。

警視庁のＳＡＴはスペシャル・アサルト・チームの略称だ。

人質事件やハイジャック事件、銃撃事件、爆弾テロなど多発する凶悪犯罪に対処するために、警察庁が極秘裡に警視庁や大阪府警に新設した特別攻撃チームである。

ＳＡＴはアメリカの警察やＦＢＩに設けられているＳＷＡＴをモデルにして創った特殊部隊だった。

犯人逮捕よりも凶悪犯を武力制圧することを目的とし、やむを得ない場合には、犯人射殺も厭《いと》わないチームなので、警察当局としてはあまり公《おおやけ》にしたくない事項だった。

それ以前の俺は、陸上自衛隊の特殊部隊の二等陸尉だった。ある時、上司の命令で警視庁に出向し、ＳＡＴのチームリーダーに抜擢された。

階級は警察組織に合わせて警部だった。

俺の部下には、確か坊主頭の磯神真妙巡査部長もいたし、長身の開田雄司巡査部長もいたような気がする。

ソヌや加奈もいたのだろうか。いや、それは記憶が曖昧ではっきりとしない。

「どうしたの？　ゾル」

加奈が間近から俺を覗き込んでいた。

「いや、ＳＡＴの班長として面目ない。だが、本当に軀が思うように動かなかった」

「ゾル、何なの？　そのサットというのは？」

「だから、ＳＡＴだろう？　特別攻撃チームＳＡＴ。それが俺たちのチーム名なのだろう？」

「おいおい、ゾルは頭を打っておかしくなったのではないか？」

弁慶が五分刈りの坊主頭を、とんとんと叩きながら笑った。

見覚えのある顔の男が笑った。

「ゾル、そんな名前のチームはないぜ。何か悪い夢でも見たんじゃないか？」

加奈も顔をしかめ、俺の両肩を摑んで前後に揺すった。

「ゾル、どうしたの？　サットだなんていって。我々はスダックよ。特別攻撃チームサットなんかでなくて、わたしたちは、革命警察軍ＲＰＦの特攻機動隊ＳＤＡＫよ。本当に大丈夫？」

俺はしばらく事態が吞み込めずにいた。

では、ＳＡＴとか自衛隊からのリクルートとかいった記憶は何なのだろう。映画か小説かで見たり知ったりしたことなのだろうか。それとも、夢でも見ていたというのか。

「やれやれ、ゾルはどうかしているぜ。これじゃ、記憶を取り戻しても先が思いやられる。悪い夢でも見てたんじゃねえのか」

弁慶が嘆き、坊主頭を振った。

ソヌが困惑した表情でいった。

「ゾル、しっかりしてくれ。ここは現実《リアル》の世界なんだぜ。サットだか何だか知らないが、夢の世界のことと混同しないでくれよ。頼むから」

「夢の世界か」

俺はまだSATのことが頭から離れず、半信半疑のままで、部屋に集まった加奈たちを見回した。

加奈、弁慶、ソヌ、開田の四人のほかに、新しい顔の二人がいた。

俺は二人を、まじまじと見つめた。

一人は先ほどから弁慶と一緒になって、軽口を叩いている太めの男だ。頭はつるつるのスキンヘッド。太い眉毛に細い目。座った鼻に、黒い頬髭《ほおひげ》を生やしている。肩幅が広く、腕は丸太のように太い。猪首で背丈が弁慶よりも頭一つ低いが、そのほかはプロレスラーまがいの弁慶と、好一対の体格をした男だった。

もう一人は無口な男だった。ほかの男たちのように、無駄口は叩かない。ハンサムな細面で、髪を七三に分けている。神経質そうな男だった。

ピアニストのように細い綺麗《きれい》な指の手をしている。このハンサムな青年にも、どこかで会った記憶があった。

「ゾル、この二人のこと、思い出した？」

加奈が俺の様子に気づき、問いかけた。

「知っているような気がする」

「ゾル、それはないぜ。俺を忘れてくれては困る」

スキンヘッドの男が、つるつるの頭をぽんぽんと叩いた。

「自己紹介して。ゾルはまだ、記憶喪失なんだから」

「はいはい。俺はブル。食らいついたら離さないからだ。もっとも、ブルという名を付けてくれたのは、ゾル、あんただがね。本名は駒田剛《こまだつよし》。階級は以前、ちょいと悪いことをしたので、准尉から曹長《そうちょう》に格下げされたままだ」

スキンヘッドの駒田は、にっと笑った。

加奈が補足するようにいった。

「ブルの専門は格闘技何でも屋。情報収集に長《た》けている。欠点は大食らいのところ」

「いいじゃねえか。俺は俺自身の給料で豪遊しているだけだものな。誰にも迷惑をかけていねえ」

「おまえが給料をほとんど使ってしまうから、カミさんと子供を泣かせたんじゃねぇか。だから離縁された」

弁慶がいった。ブルは顔をくしゃくしゃにしたが、何も反論しなかった。

俺がもう一人のハンサムな青年に目をやると、再び加奈が口を開いた。

「彼は尾崎敏実《おざきさとみ》。後は自分で紹介して」

尾崎は無愛想に、ちょこんと頭を下げただけだった。

俺はうなずき返した。記憶の隅に、尾崎の面影が焼きついていた。

「何もいうことはないな」

尾崎の返答に、加奈は呆れた表情になると、代わりにいった。

「尾崎は渾名《あだな》なし。階級は軍曹。専門は無線、機械修理、パソコンいじり、ゲーム遊び。余技は金庫破り。こいつの手にかかったら、日銀の金庫も開けることができるだろうといわれている。欠点はオタクなこと」

「よろしく」

尾崎はもう一度頭を下げた。

「きみも、どこかで見た覚えがある」

俺は目を細めた。

「でしょうね。ゾル、あんたが、アキハバラで尾崎を見つけてリクルートしたのだから」

加奈はいうと、ブルが口を挟んだ。

「確か『おにゃんこ萌《も》えクラブ』とかいった、コスプレ喫茶じゃなかったか」

尾崎はにやっと笑ったが、何もいわなかった。

「ゾル、私以下、ここにいる六人。それに運転手の和泉勇也を加え、ゾル、あなたを含めた八人がＳＤＡＫチームよ」

加奈、弁慶、ブル、開田、尾崎、ソヌ、和泉。

俺は一人ひとりの名前を反芻《はんすう》した。

「ひとつ、忘れていることがあるよ」

弁慶が念を押すようにいった。

「和泉を除く全員が、殺しのプロってことだ」

「そうね。でも、殺しのプロだなんて、いい方が悪いわ。それをいうなら、わたしたち全員は兵士ってことね。いまは戦時下よ。殺すか殺されるかの熾烈《しれつ》な戦いをしているのだもの。兵士なら、殺しのプロであることは当然でしょう？」

「文句をいっているんじゃない。事実をいっているだけだ。俺たちは、なんといっても革命警察軍の兵士《ソルジャー》なんだものな」

弁慶は両肩をすくめた。

俺は加奈のいった言葉が引っかかった。

戦時下だって？

いま日本は、どこかと戦争状態にあるということなのか？

「それにしても、まずいんだよな」

ブルが苦笑いしながらいった。

ディスプレイ上では、俺が打ちのめされる画像が繰り返されていた。

「当然、格闘技の教官から上へ、この様子が報告される。そうなると、下手をすれば、ゾルは査問委員会に呼び出され、ＳＤＡＫのリーダーとしての能力を問われることになる。場合によっては、それまでに記憶が戻っていないと、ＳＤＡＫは解散ということになるかもしれない」

「いまさら心配しても仕方がないでしょう。じたばたしても始まらない」

加奈も溜め息混じりにいった。

「それまでに何とか、ゾルが過去のことを思い出してくれるよう期待するしかない」

「しかし、どうやって思い出させるんだ？」

ブルが不安げにいった。

弁慶がディスプレイを睨《にら》みながらいった。

「おい、みんな。希望がないわけではないぞ」

「どうしてだ？」

ブルが怪訝《けげん》そうな表情で聞いた。

「尾崎が出してくれた画像を見てみろ」

弁慶がディスプレイを指差した。そこには、やはり訓練生たちを相手にして、乱取りをしている俺の姿が映っていた。

尾崎がキイをかちゃかちゃと叩く。すると、ディスプレイに映った画像が左右に分かれた。

左手に、先ほどの無様にのされる映像。右手に、訓練生たちと大立ち回りをする映像が映し出された。

「これが去年の秋に撮られた映像だ」

尾崎が右側の映像を指差した。

左側の映像は、4秒21のところで終わっている。

右側の映像は、俺が飛び掛かる訓練生の蹴りを躱し、すぐさま、その蹴りを入れた足を摑み、引き摺り倒してのしかかり、訓練生を締め上げるところまで映っている。5秒04だ。

俺は目を凝《こ》らした。不思議な映像を見る思いだった。

まるで記憶がない。しかし、映っているのは、まぎれもない自分自身だった。

「ゾルの手の動きを見てみろよ。今回の避け方、受け方、いずれも去年の訓練生との立ち合いと変わらない」

尾崎は得意そうにいった。

「それで？」

「変わっているのは、最後の蹴りを入れられた時だ。前回は間合いを逆に詰めて寄り、足を捉えて訓練生を押さえ込んでいる。今回は引いて間合いを広げたために、二つ目の蹴りをまともに顎に喰らった」

「それで、なぜ希望があるというのだ？」

ブルの質問に、加奈がうなずいていった。

「なるほどね。分かったわ。ゾルの軀は意志とは別に、攻撃されて反射的に空手の技を思い出している。それで正拳の突きや蹴りを、うまく避けることができた。ただ、ゾルは相手をやっつける気持ちがないから、避けて避けて避け続けるだけ。だから、敵である訓練生に勝てなかった。勝とうと思わなかったら、負けるしかない。その違いだというのね」

「そういうことだ。つまり、ゾルには戦意がなかった。相手をやっつけるという戦意がなかった。戦意さえ取り戻せば、ゾルは以前のようになるというわけだ。な、希望はあるだろう？」

尾崎がいった。ブルやソヌが、なるほどといって唸《うな》った。

「どう？　ゾル、あなたはどう思う？」

加奈は俺に向かって訊《たず》ねた。

「戦意を取り戻せといわれてもなあ。誰が敵で、戦う相手が何なのかも分からないのに、闘志を燃やせといわれてもむずかしい」

「そうね。ゾルには、これから敵のことを思い出してもらわねばならないわね」

加奈は腕組みをして、俺を見つめた。

その時、今日の加奈は先日のような制服ではなく、白のブラウスにジーンズ姿であることに気づいた。

頭髪はひっつめにして後ろに回し、ポニーテールにして結んでいる。広い額が理知的で魅力的だった。ボーイッシュな格好も悪くない。

「明日から、いまの情勢について話をし、徐々に思い出してもらうようにするわ」

加奈は何かを考えついたようにいった。

「おいおい、その前に、いまの仮説をもう少し確かめようぜ」

弁慶の言葉を聞いたソヌが、不思議な顔をした。

「何を確かめるのだ?」

「ゾルの頭が忘れていても、軀や反射神経が覚えているということだよ。明日から、みんなでそれを確かめようぜ。いいだろう？　カナ」

弁慶は加奈に聞いた。

加奈は俺を見ながらうなずいた。

「そうね。やってみましょう」

俺は彼らが何を企んでいるのか分からず、やや不安を覚えた。

だが、いまのところ、みんなに任せるしかなかった。

# 第3章　分断された祖国

## 1

新しい施設でのリハビリ生活が始まってから、およそ一ヵ月が過ぎた。

あいかわらず、自分が本当の自分ではないのではないか、という感覚は続いている。

頭の中から失われた記憶はほとんど戻ってこなかったが、軀の方はかつての自分をかなり取り戻したらしい。

変ないい方だが、そうとしか表現のしようがない。

人は脳だけで記憶したり、考えたりするのではないらしい。脳細胞が記憶しているもののほかに、筋肉に張り巡らされた末端神経とか、反射神経中枢《ちゅうすう》に蓄積された記憶がある。

脳で考えなくても、手や腕の筋肉が覚えているのだ。

たとえば、英単語のスペルを覚えようとして、鉛筆で紙に何度も何度も繰り返し書いて練習する。

後日、その単語を書く段になると、いちいち頭で考えなくても無意識のうちに手が動き、その単語のスペルをすらすらと書くことができるものだ。

自転車も同じだ。子供の時に、一度自転車に乗ることを覚えたら、その後、何十年とブランクがあっても、自転車に乗ることができる。

最初は下手でもすぐに思い出し、覚えた頃のレベルにまで達することができる。

格闘技の教官もいっていたが、空手については確かに俺の軀が覚えていた。

あの試合の後も、懲《こ》りずに格闘技の訓練に参加するうちに、だいぶ軀の動きもよくなった。

頭で考えなくても、軀が先に動き、空手の受けや攻め技を繰り出すことができるのだ。

そのため、訓練生と真剣試合をしても、いまでは引き分けることはあっても、決して負けることはなくなった。

ただし、俺は相手に対する殺意や闘争心に欠け、教官にいわせれば、まだ八分の力しか出していないとのことだった。

いくら寸止めなしの真剣試合といっても、やはり実戦でなく、本当に相手を殺すまでやってはいけない、という自制が働くのだろう。

自分でも驚くほどだが、銃の射撃も、頭より軀の方が覚えていた。どんな拳銃を出されても、即座に使いこなし、その特性も軀が理解していた。ライフル銃や自動小銃についても、その扱い方は指導教官が舌を巻くほど慣れている。

銃の撃ち方から分解組み立てまで、教えられなくても手や指がさっと動き、すべて記憶していた。

以前の俺は、銃器の扱いについてかなりの修練を積んでいたらしい。周囲の人間は、俺が警察官なのだから当たり前だというが、そうは思わない。

常識的に、銃器の扱いに慣れているのは軍隊の兵士であり、それも特殊部隊の訓練を受けた兵士であって、通常の警察官ではない。

何しろ自分の履歴《りれき》や身上書は国家機密の極秘ファイルに入っており、当の本人である俺さえも読むことができないのだから、不便な話である。

だから、俺がどんな経歴の持ち主なのか、そもそも俺は何者なのか、という堂々巡りの謎に陥ってしまい、いつもその疑問に苛《さいな》まれてしまう。

この一ヵ月の間で変わったことといえば、これまで禁じられていたテレビを見ることや、新聞、雑誌、本を読むことが許されるようになったことだ。

だが、部屋にあったテレビは館内専用で、映るものといえば、美しい自然の風景の環境ビデオだけだった。

それも北海道釧路《くしろ》湿原とか、琵琶《びわ》湖や黒部《くろべ》渓谷の四季、京都の秋とかいった全国各地のものだ。

チャンネルが固定されていて、最新のニュース番組やドキュメント、国際政治を取り上げた番組などは見ることができなかった。

医師の話では、記憶を取り戻す上で、あまりに過剰《かじょう》な情報の摂取は脳の機能回復のために良くないという判断があったからだという。

もっとも俺自身、それほどテレビ番組などを見たいとは思っていないので、解禁されたからといって、いままでの生活とほとんど変わりはない。

そんなことよりも、いまになってだが、おかしなことに気がついた。

俺が生死の境を彷徨《さまよ》うような瀕《ひん》死《し》の重傷を負ったというのに、俺の家族は誰一人として病室へ訪ねて来なかったことだ。

西園寺聖こと俺には、まったく家族がいないのか。

少なくとも、俺を産んだ母親はいるはずだ。産ませた親父だっているだろう。兄弟姉妹もいるかもしれない。

記憶は失われているが、連れ合いとか、恋人だっていたかもしれない。友達だって、仕事仲間以外に、一人や二人いても不思議ではないだろう。

それなのに、なぜ誰も訪ねて来なかったのだろうか。そういう肉親や兄弟、恋人や親しかった友達に会えば、もしかすると昔の記憶を取り戻していたかもしれないではないか。

俺はこの世にひとりぼっちの人間で、天涯孤独だというのか。

それとも、当局は何らかの理由があって、俺の両親や兄弟姉妹、友人たちに、俺が瀕死《ひんし》の重傷を負い、危篤《きとく》になったことを知らせなかったのか。

そもそも俺自身、自分の肉親や家族、兄弟姉妹のことをまったく思い出せないのが腹立たしいのだ。そして、誰も俺に、肉親や兄弟姉妹のことを教えてくれないことにも苛立ちを覚える。

そこで、堂々巡りの末に、いつも同じ質問に辿《たど》り着くのだ。

俺はいったい何者なのか？　そして、俺はこれまで何をしてきたのか？

そういえば、俺が遭遇したという爆弾事件のことですら、詳しいことを知らされていない。

どういういきさつで、俺はその爆弾事件に遭遇してしまったのか。しかも、俺はそこで何をしていたのか。どういう犯人が爆弾事件を起こしたのかなど、俺が知りたいことはいっぱいある。

医師や看護師に、その事件について訊ねても、彼らは知らないと頭を振る。

一度、加奈や弁慶たちにも聞いたことがあるが、彼らは露骨《ろこつ》に不快な顔をし、自分たちに聞いてくれるなという。だから、それ以上、事件について聞きそびれてしまったのだった。

## 2

ある日のこと、俺はその爆弾事件の概要を知ることになった。

俺がフィットネスクラブの走行機で、気楽な気分で四十二キロメートルの安曇野《あずみの》コースを走っている時だった。

突然、館内放送が俺の名を呼んだ。

大至急、所長室へ出頭するようにという指示だった。

所長は萩原沖人《はぎわらおきと》という、見るからに温厚な人物だった。これまで萩原所長には、三度ほどしか会って話をしたことがない。

総務省出身のキャリア組の官僚《かんりょう》で、元首相補佐官をした経験もあるエリートだということだ。

所内の職員たちの噂では、萩原は現首相の靖国《やすくに》神社参拝を強く諫《いさ》めたため、首相の怒りを買い、首相補佐官の座から逐《お》われ、まったくの閑職《かんしょく》である革命警察軍保養所の所長に左遷《させん》されたということだった。

萩原所長は見かけは温厚だが、結構骨のある御仁《ごじん》らしい。

二階の所長室へ行くと、秘書官の女性はインターコムのボタンを押した。

「西園寺聖大尉が、お出でになりました」

すると、すぐに部屋に入ってもらうように、という萩原所長の返事があった。

秘書官がドアを開けた。萩原所長は、ソファで三人の客と歓談しているところだった。

「西園寺、出頭しました」

「ご苦労さん。こちらの皆さんは、紹介せずともきみは知っているね」

萩原所長は、ソファに座った三人を手で指した。

警察病院で会った板垣局長と日野中佐、それに制服姿の山本加奈大尉だった。

加奈は立ち上がり、俺のためにソファを空けた。

「おう、西園寺くん、元気そうだな。血色もいい。まあ座ってくれ」

板垣局長はにこやかに笑い、俺にソファに座るよう促した。

日野中佐が、じろりと俺を睨んだ。

「西園寺、きみのことは山本大尉から報告を受けた。だいぶ記憶が戻ったらしいな」

「こちらへどうぞ」

加奈が席に座るよう促した。

「いや、俺はいい。所長の用事が終われば、すぐ帰る」

「いや、西園寺くん。呼び出したのは、私ではない。板垣局長が、きみに会う用事があったからだ」

萩原所長はソファを指し、座るようにいった。

「まあ、立っていては話ができない。せっかくだから、ここへ座るんだ」

「はい」

俺は加奈に目礼し、ソファに座った。

加奈は部屋の隅にあった予備の折畳《おりたた》み椅子を運び、所長の後ろに座った。

「どの程度、思い出したのかね？」

萩原所長は穏やかな笑みを浮かべたが、俺は答に窮《きゅう》した。

「どの程度といわれても……」

加奈がこほんと咳払いをした。

俺は加奈に向かって肩をすくめた。

日野中佐が身を乗り出していった。

「きみからの最後の報告は、もぐらについてだった」

「もぐら？」

「我が国の中枢機関に、深く静かに潜入しているスパイだよ。大尉、きみは、何年もかけて、そのもぐらを追っていた。きみからの報告によると、とうときみはそのもぐらが何者か、正体を突き止めた。それればかりでなく、きみはそのスパイと接触しようとしていた」

「自分は、そんなことをしていたのですか」

訝《いぶか》る俺に対して、日野は畳みかけるようにいった。

「もぐらは誰なのか、思い出したかね？」

「いえ、残念ながら」

俺は頭をゆっくりと左右に振った。自分がスパイを追っていたことなど、まったく覚えていない。ましてや、もぐらのことなど少しも分からなかった。

「では、暗号コードは思い出したか？」

「何のです？」

「パスワードは？」

「分かりません。いったい何の話なのかも、理解できない」

「嘘ではあるまいな」

日野中佐はがっかりした表情になり、顎《あご》を撫でた。

「敵国へ出入りするための暗号コードと、パスワードだ。きみはそれを使って敵国へ侵入した、そして帰還した。敵がそのことを知れば、きっと暗号コードやパスワードを変更するだろう。いや、もう変更しているかもしれない。きみは、そういう重要な機密情報をどこからか入手しながら、上官である我々にも報告せず、相談もしなかった。だから、このようなアクシデントが起こった時に、困ったことになるんだ。きみは組織の人間でありながら、いつもチームプレイを無視して行動する。きみの部下たちだって、きみのやっていることを全部は知らないという。いったいどういうことなのだ？」

「日野くん、いまさらそんなことをいっても、何が変わるものではない。ゾルを責めるのはやめなさい」

板垣局長は、穏やかに日野を諌めた。

「しかし、ゾルが肝心《かんじん》なことを思い出してくれれば、これから何千人の……いや何万、何百万人もの日本人が救われるかもしれないのですぞ」

「そうかもしれないし、そうではないかもしれない。歴史には、もし、という仮定法は存在しない。ただ現実に起こってしまったことは、それはそれとして受け入れなければならないだろう。いったん起こったことは、もはややり直しがきかないのだからね」

「それはそうですが」

日野は不満そうだった。俺は二人の会話の内容がまったく理解できず、立往生していた。

　板垣局長は俺の方を向いていった。

「それにしても、きみはよくやったと思う。あれはゾルでなければ、できなかったことだ。それを果たしたということだけでも、わしはきみを誉めてやらねばならないと思っている」

「どういうことでしょう？」

　あいかわらず、俺は五里霧中といった状態だった。いったい、俺が何をしたというのだろうか。

「うむ。きみは覚えていないのかもしれないが、きみは自分の身を犠牲にして、河井《かわい》総理の命を救ったのだ。その事実は変わらない」

「俺が河井総理の命を救ったというのですか？」

　俺は戸惑いながら、オウム返しにいった。

　河井総理といわれても、どんな人物なのか、まったく分からなかったからだ。救ったといわれても、その方法も何も分からず、完全な他人事だった。

「その事件のことも、覚えていないのかね？」

「はい」

「誰もゾルに話をしていないのか？」

板垣局長は、ちらりと加奈に目を向けた。

加奈が言い訳をするようにいった。

「はい、まだゾルには話しておりません。ドクターが、あまり刺激的なことはいわない方がいいだろう、といっておりましたので……。でも、そろそろ話すべきだとわたしは思いますが」

「うむ。医師がストップをかけていたのなら、話さなかったことは仕方がない。それで、医師は現在のゾルの状態について、何といっているのだね」

「肉体的には、ほぼ完治したそうです。脳も、ほぼ癒《い》えたと見ています。一部の記憶欠損はあるが、任務復帰することには、まったく問題ないという診断です」

加奈は俺の目を見ながらいった。

自分の健康状態のことなのに、なぜ俺自身は聞かされていないのか。俺は加奈に無言で抗議した。

加奈は俺の思いを感じ取ったらしく、両肩をすくめ、仕方がないでしょ、という顔をした。

「問題がない？　問題はあるだろう。いまゾルが元のユニットに戻っても、指揮を執《と》ることができると思うか。何も覚えていない人間が、どうやって捜査を始めるというのだ？」

日野が声を荒らげると、加奈は取り成すようにいった。

「もちろん、ゾルがいまのままの状態では困ります。ですから、記憶を取り戻すように、少しずつデータを見せるようにしていきます。嬉しいことに、ゾルは訓練によって、かつてと同じような身体能力を取り戻しつつあります。精神面では、以前のような犯罪に対する憎悪とか、社会の不正を許さないといった点が欠けていると思いますが、これも実際に犯罪事件の現場を踏むうちに、思い出すだろうと信じています」

「指揮能力についてはどうかね？　ゾル、いまのスダックを指揮して、任務を遂行《すいこう》していけるかね？」

板垣局長は、俺を試すように聞いた。

俺は正直にいった。

「彼らを指揮するなんて、まったく自信がありません。何をどうやったらいいのか、皆目見当がつかないのですから」

「そんなことはありません。ゾルは謙遜《けんそん》しています。われわれSDAK《スダック》一同は、ゾルの指揮を信頼しています。ゾルの命令なら、みんなどんなことでもやるという意気込みがあります。報告したように、まったく問題はありません」

加奈が猛然と反論するのを見て、俺は苦笑いした。

「謙遜ではない。加奈、きみたちが俺の現場復帰を支持してくれるのはありがたいが、あまり俺を買い被《かぶ》らないでほしい。俺はいまの状態では、適切な指揮を執ることができないと思っている」

「そんなことはないわ。大丈夫、すぐ以前のように、みんなをリードできるようになるから心配しないで」

加奈はむきになっていった。

板垣局長が笑いながら、加奈と俺の間に入った。

「まあ、今日のところは、山本大尉を信頼することにしておこう。スダックはゾル、きみなしにはありえない組織だからね。きみがだめなら、スダックは解散するしかない。そうなっては、わしも困る。責任者の日野くんにとっても、それは望む方向ではない。そうだね」

板垣局長は日野に同意を求めた。

「それはそうですが、スダックだけがわたしの担当するチームではありませんからね。ほかのチームに任務を代替させることも、できないことではない」

「話を戻そう。ゾル、今日きみを呼び出したのは、ほかでもない。さっき話した河井総理の命を助けた件に関してだ。河井総理も田代《たしろ》国防長官も、そして革命警察軍司令官も全員が非常に喜んでおり、きみに銀星《シルバースター》英雄勲章《くんしょう》を授与して、階級も少佐へ昇進させるよう決定した。おめでとう。きみは今日から、少佐になる。わしは、きみにそのことを伝えに来たのだ」

板垣局長が立ち上がると、日野中佐も萩原所長もゆっくりと席を立った。

俺は慌てて直立不動の姿勢を取った。加奈はすでに立っている。

板垣局長は厳《おごそ》かにいった。

「では、最高司令官である総理から与えられた権限により、西園寺聖大尉に銀星英雄勲章を授与し、一階級昇進させて、少佐に任官する。西園寺少佐、おめでとう」

板垣局長は俺の胸に、シルバースター英雄勲章を付けた。ついで、少佐の階級章を、俺の制服の襟《えり》に付けた。

「ありがとうございます」

俺は拳手の敬礼をした。

板垣局長はうなずき、俺の手をしっかりと握った。

「昇進おめでとう。しっかりやってくれ」

「おめでとう」

「おめでとう」

萩原所長も日野中佐も口々にそういい、俺を握手攻めにした。

加奈も敬礼をしていった。

「少佐、おめでとうございます」

俺は少しばかり戸惑いながらも、彼らの祝辞を受けた。

その実、心の中は違和感でいっぱいだった。どうしても、大尉や少佐といった階級には馴染めなかった。

かつて警察官は警部補とか警部、警視といった階級だった。

それが、いつの間に軍隊式の階級になったというのか。そして、制服までもが軍服になっていた。

3

板垣局長が話してくれた問題の爆弾テロ事件は、こうだった。

約五ヵ月前の十月十一日夕方、突然、板垣局長のところに、ゾル、つまり俺から「河井総理暗殺計画あり」との通報が入ったという。

その日、河井総理はお忍びでイタリア歌劇団来日記念公演のオペラを観劇することになっていた。

テロリストたちは総理が観劇している帝国劇場に爆弾を搭載した車を突っ込ませ、劇場ごと爆破する計画だという。

板垣局長がその通報を受けた時、すでに河井総理は帝国劇場に到着し、貴賓席《きひんせき》に着いていた。

直ちに局長は警視庁に連絡、帝国劇場周辺の道路を封鎖させるとともに、革命警察軍対テロユニットを出動させた。

だが、テロリストの爆弾自動車は、すでに都内のアジトを出て、劇場のある丸の内に向かっていた。

テロリストたちは警察が道路を封鎖するのを予《あらかじ》め計算に入れており、検問を突破するために、革命警察軍の装甲車と同型の装甲車両に爆弾を積んでいた。

通報したものの、警察や革命警察軍の配備が間に合わないと思ったゾルは、SDAK《スダック》の援護も待たず、単独でテロリストたちの装甲車を攻撃、皇居の堀に落として自爆させたという。

爆弾はTNT火薬二百キログラム以上で、帝国劇場を軽く全壊させる威力があった。そのため、ちょうど通行中だった車五十台以上を全半壊させ、さらに堀側の道路に面したビルのガラスを割り、一部の壁面を崩壊させた。

この爆発により、死者十七人、重軽傷者百二十人を出す大惨事になった。

装甲車を運転していた若い男と、同乗していた仲間二人は即死したことが確認された。爆発に巻き込まれたゾルこと俺も瀕死の重傷を負い、意識不明の状態で、現場のお堀の中に放り出されていたところを発見されたという。

これが事件の顚末《てんまつ》のすべてだった。

「爆発現場のお堀端と帝国劇場との間の距離は、わずか八百メートルだった。もし、装甲車を阻止できず、劇場に突っ込まれて爆発していたら、総理や総理夫人をはじめとする観客、歌劇団や劇場関係者、通行人、警備関係者など、二千人以上が死傷しただろう。きみがいなかったらと思うと、本当に背筋がぞっとする」

板垣局長はそういい、身を縮めた。

「総理は、翌週にはアメリカへ立ち、アメリカ大統領と会談した後、国連総会に出席して、高麗共和国や中国、ロシアの日本占領を止めるように訴える重要演説を行なう予定だった。それだけに、もし、河井総理が爆死でもしていたら、一挙に高麗共和国との緊張関係は高まり、全面的な戦争が始まっていたかもしれない。きみは、本当に日本を救った英雄なのだ。それで河井総理も田代国防長官も、全員がきみの愛国的な行動を称賛《しょうさん》しているというわけだ」

俺は「愛国的行動」とか「英雄」とかいう言葉を並べられて、こそばゆい思いをしながら、板垣局長の話を聞いていた。

そして、河井総理がいう「高麗共和国や中国、ロシアの日本占領を止めるよう訴える」とはいったいどういうことなのか、理解できずにいた。

「問題なのは、自爆しようとしたテロリストたちは何者だったのか、だ」

「何者だったのです？」

日野中佐が、半ば呆れた顔でいった。

「おいおい、ゾル、それをきみに聞きたかったのだよ。きみが通報してきたんだ。犯人たちについて、何か覚えていることはないのかね？」

俺は思い出そうと努めたが、その事件については、まったく覚えがなかった。

「いえ、ありません」

「犯人たち三人の死体を調べたが、身元が分かるような物は身につけていなかった。しかし、ＤＮＡ検査の結果、運転手は日本人の可能性が高く、後の二人は中国人に多い遺伝子タイプだった」

日本と中国人二人のグループといわれても、俺は何も思いあたることはなかった。

板垣局長は話を続けた。

「それはそうと、きみが誰から、その爆弾テロの情報を入手したのかだ。それもテロ決行直前というぎりぎりのタイミングに、誰がきみに教えたのか思い出せないかね」

「分かりません」

俺は自分自身が情けなかった。いったい、事件前後のことが、なぜこんなにも空白になっているのだろうか。

板垣局長が慰《なぐさ》めるようにいった。

「きみの携帯電話やパソコンのメールなどの着信履歴や通話通信記録を調べさせてもらった。特に爆弾テロ事件が発生する直前の、およそ一時間の記録をな」

「どうでしたか？」

「それが、その時間帯の記録が、全部何者かに消されていたんだ」

「受信記録、発信記録ともにないというのですか？」

「うむ。ない」

「いったい、どうなっているのだ？」

俺は真っ暗闇で、誰かに鼻を摘まれたような思いだった。

「そこで、山本大尉たちに命じて、スダックにおけるきみの行動を、いま一度洗い直した。スダックの全員に集まってもらい、きみ一人だけで誰かに接触していたり、捜査していた事案はないか、とね」

「どうでした？」

「それはなかった。すくなくとも、常に誰かがきみの傍についていたらしく、部下に隠れてこそこそと、一人で画策しているようなことはなかったそうだ」

板垣局長の言葉を聞き、俺は何となくほっとした。

「プライベートな面についても、その頃、きみが私的に何かやっていなかったか、山本大尉に調べてもらった。きみの身辺を徹底的に洗い直し、どういう人物たちと接触していたのかを調査してもらったのだ。そうしたら、我々が知らないことがいくつか出てきた」

「何が分かったのです？」

「きみはプライベートな時間にあるカルト宗教団体に出入りしていたことが分かった」

板垣局長は言葉を切り、俺を見た。

「カルト宗教団体？　何ですか、それは？」

「きみは神の存在を信じているかね？」

その問いかけに対して、俺は考え込んだ。

神がいるか、いないか。

どちらかといえば、自分は神の存在を信じていないような気がする。

だが、それはキリスト教、ユダヤ教、イスラム教、仏教などなど、既存の宗教の神についての感想であり、その意味では自分は無神論者である。

だが、宇宙そのものとか、大自然そのものといった自然神としての存在ならば、神がいるような気もするのだ。

「分かりません。いまの自分には、いるともいないとも決められない」

「だろうな。わしやきみの仲間であるスダックのメンバーたちも、きみが神を求めて、カルトの宗教団体に関心を持ったとは思っていない。つまり、何らかの理由があって、そのカルト集団を探っていたのではないかと考えたのだ」

「そのカルト宗教団体というのは？」

「ＵＦＯ研究協会だったか？　山本大尉」

傍にいた山本加奈が、板垣局長に代わっていった。

「ＵＦＯ神聖教会、それからオーパーツ研究協会です」

「そうか。ＵＦＯ研究協会でなく、ＵＦＯ神聖教会だったんだな。それとオーパーツ研究協会をごっちゃにして覚えてしまった。そのふたつだ。覚えていないかね？」

ＵＦＯ神聖教会？　オーパーツ研究協会？

いったい、どういう宗教団体だというのだろう。

俺は首を傾げるしかなかった。

「はあ、さっぱり分かりません。いったい、どういうカルト宗教なのです？」

板垣局長は加奈を見ていった。

「説明してやってくれ」

「はい。ＵＦＯ神聖教会はキリスト教の一宗派から派生した一種の宇宙神信仰で、ＵＦＯを神の降臨と考えている人たちです。特にその教義に過激な主張はなく、旧約聖書、新約聖書などから自分たちに都合のいい箇所を抜いて教義にしているカルト的な宗教です。教祖はアメリカ人で、アメリカに熱狂的信者がいるようです。日本人だけでなく韓国人や中国人、ロシア人にも信者がおり、アメリカ政府も日本政府もＵＦＯや宇宙人の存在を隠蔽《いんぺい》している、と主張しています。もちろん高麗政府や中国政府も、その点は同じように隠しているとして非難しています。しかし、いずれの政府からも相手にされていない。その活動としては、時々、富士山《ふじさん》や筑波《つくば》などの霊山でＵＦＯを呼び寄せる集まりを開いているといったところです。たいていは家族連れのピクニックで、ＵＦＯ愛好者の懇親会《こんしんかい》程度であるというのが実態でしょう」

板垣局長はにやにやと笑った。

「オーパーツ研究協会とやらは何だっけ？」

「こちらは比較的真面目な研究者の団体で、宗教団体ではありません。超常現象研究会とでもいうのでしょうかね。オーパーツ、つまり歴史的に見て、その過去の時代にはありえない遺物を発見し、研究する愛好者のサークルみたいな団体です」

「カルトではないのかね？」

「カルトといえばカルトでしょうが、超常現象をよく紹介している雑誌があるでしょう？　そういうカルト雑誌で知り合った人たちの同好会とでもいったらいいのではないでしょうか」

「教養とかで、危険なものは？」

板垣局長の問いかけに、加奈はさらに答えた。

「いわゆるアカデミズムの常識には、激しい反発を持った人たちが多いかもしれません。普通のアカデミズムにいる学者たちは、あまりオーパーツなどといったことに関心はないし、オーパーツなどを研究する人を、現代の錬金《れんきん》術師とか誇大妄想教信者のように見ているでしょうから」

「異端の科学は、結構面白いのだがねえ。わしも個人的には、超常現象が好きだな。超能力とか、テレパシーとか、瞬間移動、テレコなんとか、ＵＦＯとか、タイムトラベルとか、異次元の世界とか、どれもロマンがあっていいではないか。わしも子供の頃、夢中になって、そういう類の超科学の本を読んだものだ。きみにも、そうした興味があったのかね？」

板垣局長は顎を撫でながら、俺を見て聞いた。

「確かに子供の頃は、好きだったような気がしますが……。そのオーパーツ研究協会などについては、まったく思い出せません」

「しかし、いい兆候《ちょうこう》ではないか？　子供の頃、そういう異端の科学が好きだったような気がするということは、何かを思い出したのではないかね。その調子で、大人になってからのことも思い出してほしいな」

「はい。確かに……」

いわれてみれば、確かにそうだと思った。断片的ではあるが、子供時代の思い出は、わずかながら覚えているような気がした。

加奈は俺を見ながら、説明を続けた。

「ＵＦＯ神聖教会やオーパーツ研究協会の関係者に聞き込んだのですが、ゾル、あなたはどちらにも五、六年前から出入りしていたようです。しかも、職業を偽って」

「俺が職業を偽って、出入りしていたっていうのかい？」

「ええ。でも、まさか本業が警察官、それも革命警察軍スダックなどとはいえないでしょうから、偽るしかないでしょうけど。名簿には、あなたは公務員として登録してあった」

加奈の言葉に、日野が興味を示した。

「それも嘘ではないが、しかし、何の公務員ということにしていたのだ？」

「国会図書館の資料整理係」

俺は肩をすくめた。まったく記憶にない。

「まあ、妥当な隠れ蓑《みの》だな」

日野がうなずくと、加奈はさらにいった。

「ＵＦＯ神聖教会でもオーパーツ研究協会でも、あなたはそんなに熱心な信者でも研究者でもなかったらしい。本箱を調べてみたけど、ＵＦＯやオーパーツ関係の書物は一冊も見当らなかった。あなたのことを知っているＵＦＯ神聖教会やオーパーツ研究協会の人たちは、みんなあなたに好意を持っていて、彼らの理解者である図書館員だと思っていた。だから、あなたが爆発テロで重傷を負ったと知ったら、本当に心配していた。でも、大丈夫。いまは元気になって退院したといっておいたから」

「ありがとう」

俺は少しばかり安堵した。世の中には、俺の身を心配してくれている人たちがいるという事実を知って、安心したのだ。

「調査の結果、爆弾テロの時に死んだテロリストたちは、これらふたつの団体に関係していた人物ではないと分かりました。両方の団体の会員を調べましたが、最近、連絡が取れず、消息不明になった人は一人もいませんでした」

「では、そのふたつの会は、ゾル、きみの趣味だったわけだな」

日野の問いかけに、俺は首をすくめた。

「自分でも、そんな変なことに凝《こ》っていたなんて、思いもよらないことでしたが……。きっとそうなのでしょうね」

板垣局長はにやりと笑い、加奈を見た。

「最初、山本大尉からカルト宗教団体の話を聞いた時は、きっとそこに何かあると思ったんだがねえ。違ったんだな」

加奈が頭を下げていった。

「申し訳ありません。ゾルが入っていた団体だったので、てっきり個人的に何かを調べていたと勘違いいたしまして……」

板垣局長は大きくうなずいた。

「まあ、いい。先入観で物事を見てしまってはいかん、ということだな。それで身辺調査をしていて、ほかに分かったことは？」

「プライバシーに関わることがいくつかありましたが、これは問題なので外します」

加奈はちらりと、俺に流し目をした。

「ほほう。女関係だな」

板垣局長が笑いながらいった。

「まあ、そんなところです。ゾル、申し訳ないけど、調べさせてもらいました。ごめんなさい」

「仕方がないさ。もう調べてしまったのだろう？　いまさら調べるなといってもはじまらない。それに、俺も自分の女性関係がどんなものだったか聞きたいくらいだ」

「何人かいました。でも、いずれの女性も、今回の爆弾テロには無関係です」

「どうして、そう断言できるのだ？　そのうちの誰かが、ゾルに通報したかもしれない」

日野が横から口を挟んだ。

加奈は俺を見ながらいった。

「何人かは、もうすでにこの世にいないからです。もし生きていたとしても、被占領地にいて、消息不明になっています」

「俺が知っている女が死んだ？」

俺はしばしば夢に出てくる女のことを思い出した。

俺が愛した女が殺される夢だ。その女のことなのだろうか。

「ええ。もし必要ならば、後で教えます」

「うむ」

俺は静かにうなずいた。

「ほかに、ゾルの交友関係で不審な人物はいなかったか？」

日野の質問に、加奈は頭を振った。

「私が知るかぎりでは、交友関係に不審者は見つかりませんでした」

「きみが知るかぎりという意味は？」

「ゾルは容疑者でも敵でもない。そのゾルの交友関係を調べるのは、どうも気が引けるのです。わたしだって、調べられたら嫌ですから。だから、交友関係のリストをさっと見て、指名手配者とか、要注意人物はいないか、チェックしただけです」

「それもそうだ。ゾルが死んだのならともかく、現にこうして生きているのだからな。

犯罪も犯していないのに、勝手に身元を調べてしまったら、少佐もさぞ不快だろう。なあ、少佐？」

「はい。不愉快ですね。同じ仲間なのに、そこまでやるかと思いますね」

俺は正直にいった。

「やれやれ。俺はどうやら、尻の穴の毛の数まで知られているらしい」

俺が皮肉をこめて放った警告を聞き、板垣局長が微笑んだ。

「まあ、プライバシーは革命警察軍に入った時点から、自ら放棄《ほうき》したと思っておくのだな。わしもきみと同じだ。プライバシーなどまったくない。悲しいことだが、そこまで自分を曝《さら》け出さないと互いに信頼しあえないというのが現実だ。我慢するんだな」

我慢するも何も、記憶を失った俺には、自分自身の何をプライバシーとして守ったらいいのかさえ、分からなくなっていた。

「結論をいいますと、ゾルがどうやって事前に爆弾テロ情報を入手したのかに関しては、本人が思い出してくれなければ分からないということです」

板垣局長は笑いながら、俺を見た。

「本当だ。きみが思い出してくれれば、ことは簡単なのだがね。やはり、死んだ三人のテロリストの身元を何としても洗い出すことから、すべての捜査は始まるということだな」

俺は何とも答えようがなかったので、曖昧に笑った。

板垣局長は、所長室の机の上にあった置時計に目をやった。

「おう、もうこんな時刻か。そろそろ我々は、本部に戻らねばならん。最後にゾル、どうだね。大尉から報告を聞いていたが、だいぶ軀は回復したようだな。記憶も戻りつつあるのだろう？」

板垣局長は、俺をじろじろと見ていった。

「はい……」

「明日から本部に戻り、現場へ復帰しないかね」

俺は加奈にちらりと目を走らせた。加奈は黙ってうなずいた。

「はい。喜んで現場へ復帰します」

「よろしい。復帰したら、これまで通りの任務を遂行してくれ」

「その任務に関してなのですが……。俺の任務はいったい何なのか、教えてくれませんか」

俺は思い切って訊ねた。

板垣局長と日野中佐は、一瞬、固まったように動かなくなった。

板垣局長は溜め息をついていった。

「ゾル、きみは自分の任務も忘れたというのか。大丈夫かね。それで本当に、スダックを率いてやっていけるのか。少々不安になるな」

「本当だ。ゾル、まだ現場復帰はできないのではないか」

日野中佐も顔をしかめた。

「大丈夫です。我々がついていますから」

加奈が助け船を出していった。

「おうおう、上官思いの部下たちがいていいねえ」

日野が加奈を皮肉った。

板垣局長は、俺をしっかりと見つめながらいった。

「いいだろう。ここで改めて、少佐にスダックの任務を再確認してもらっておこう。きみたちユニットの任務は、わが国に潜んでいる敵の秘密組織カタリを摘発し、それを壊滅させることだ」

「カタリですか？」

それは、初めて聞く組織の名前だった。

日野が露骨《ろこつ》に眉をひそめた。

「おいおい、ゾル、カタリのことも忘れたというのか？　大丈夫ですかね、局長、こんなことで」

加奈が俺の方を向いていった。

「詳しいことは、後で説明するわ」

「うむ。大尉に任せよう。ゾル、きみにはぜひ思い出してほしいのだ。いまわが革命警察軍RPFは国内に侵入し、わが国に革命を起こそうとしている敵の秘密組織と地下戦争をしている。宣戦布告なき影の戦争だ。この戦争にルールはない。殺すか殺されるかだ。ジュネーブ協定も適用されない秘密戦なのだ。それは勝利なき戦いでもある。勝って当然、負ければ国は滅びる。敵の秘密組織は、いくつも侵入している。その最大の強敵が、高麗共和国のカタリだ」

板垣局長は、いったん言葉を切った。

「敵はカタリだけではない。中国の国家安全部のスパイ組織も潜入している。ロシアのスパイ組織も、友好国アメリカのCIAも送り込まれている。イスラエルのモサドも、イスラム過激派アルカイダも潜り込んでいる。それら全部を相手にしているのだ。

そして、きみたち、スダック（SDAK）には、特別の権限を付与してある。敵を捜し出したら、その敵を殺害していい。捜査令状や逮捕状なしに敵を攻撃していいし、殺してもいい、という殺しのライセンスだ。非合法の秘密組織を相手にして、こちらだけが法律に則《のっと》って行動を制約されていたら、戦いに負けてしまう。敵が非合法な手段を使う以上、こちらも超法規的手段で対抗するのだ。きみたち、スダックは、対テロのための超法規的存在なのだ。いいかね、少佐。そのことを肝に銘じておいてほしい」

「分かりました。任務遂行のため、全力をつくすことを約束します」

俺は直立し、板垣局長と日野中佐に挙手の敬礼をした。

板垣局長も日野も、一応満足気にうなずいた。

4

俺は加奈と一緒に、所長室から部屋に帰った。

途中、廊下の自動販売機のボタンを押した。紙コップに、コーヒーが注がれた。

俺は紙コップのコーヒーを、加奈に渡した。

「いくつか、教えてほしいことがあるんだ」

「どんなこと?」

「俺は世の中の常識的なことまで忘れているらしい」

「記憶を取り戻すためなら、協力するわ。何でも聞いて」

加奈はコーヒーを啜《すす》った。俺も啜る。不味《まず》いコーヒーだった。安物の豆を使っている。

「爆弾テロで記憶を失って以来、頭が混乱しているんだ。自分でも、頭がおかしいのではないかと悩むほどにね」

「それは分かっているつもり」

「だから、どんな質問をしても、驚かないでほしい。俺には、きみのほかに頼れる人間がいないんだ」

「どうぞ、遠慮なく。驚かないから」

「いまさら人には聞けない質問なのだが、いったい高麗共和国って何なのだ？　元は北朝鮮だったのではないのか？」

加奈は一瞬、コーヒーを飲むのを止め、俺をまじまじと見つめた。明らかに、そんなことも忘れたのか、という顔だった。

「分かった。小学生でも知っている歴史なのだろう？　しかし、俺はその基本的な知識さえ失われてしまったんだ。頼むから、そんなに驚かないで教えてくれ」

「ごめんなさい。確かにあまり基本的な話なので、ちょっとびっくりしただけ。でも、大丈夫。そうね、高麗共和国は、正式には高麗人民民主主義共和国。昔、朝鮮半島が北緯三十八度線を境にして、北朝鮮と南朝鮮に分かれていたことがあったのは覚えている？」

「ああ。覚えている」

「北朝鮮は朝鮮人民民主主義共和国という国で、南朝鮮は大韓民国と呼ばれていた。

その北朝鮮が、ある年、南侵した。ちょうど韓国国内で人民が政府打倒に立ち上がった時で、その名目は韓国の人民革命を支援するためだった」

「一九五〇年に勃発《ぼっぱつ》した朝鮮戦争だろう?」

「そう。韓国軍は初め善戦したけど、ソ連と中国が共和国軍を軍事支援したため、だんだんと形勢が悪くなり、とうとう半島を追い出されてしまった」

「韓国軍が半島を追い出された? 韓国にはアメリカ軍がついていたはずだが」

「ええ。でも、アメリカ政府は、朝鮮半島の問題は朝鮮人、韓国人が解決することだとして、不介入政策を取り、在韓アメリカ軍を撤退させた。そうして南北朝鮮は統一され、高麗共和国が建国された」

「驚いたな。では、高麗共和国や中国占領地区とか、ソ連占領地区の北海道というのは、どういうことなのだ?」

「話せば長くなるけど、いい?」

「ああ。時間はたっぷりある」

　俺は加奈の目を見てうなずいた。

「さっきの話の続きになるわ。高麗共和国ができた後、それでことは終わらなかった。アメリカの弱腰を見た中国とソ連は、共産革命を日本へも拡大しようと、高麗共和国を焚《た》きつけ、高麗人民軍を日本へ侵攻させたの」

「なんということを……」

「高麗人民軍は対馬《つしま》を落とした後、島根や鳥取、山口などへ上陸作戦を行なった。これに呼応して、日本の共産勢力や、大阪や神戸、京都などにいた在日朝鮮人、在日韓国人が蜂起《ほうき》した。

日本は敗戦まもなくということもあり、軍備を持っていなかった。日本はアメリカを中心にした連合軍の占領下にあったので、まさか他国に攻められるとは思っていなかったのよ。さすがにアメリカ政府も、これには激怒して、国連安保理に提訴し、高麗共和国非難決議を出して、国連軍を派遣するよう要請したけど、ソ連と中国が拒否権を発動した。在日アメリカ軍は単独で高麗人民軍に反撃し、日本列島から追い出そうとした」

「うーむ」

俺は思わぬ史実を聞かされ、言葉も出なかった。

「高麗人民軍が劣勢になるのを見た中国は義勇軍を派遣し、高麗人民軍と一緒に、アメリカ軍と戦って押し返した。遠く太平洋を渡って物資を運ぶアメリカ軍に対して、朝鮮半島近くにいる高麗中国連合軍は補給物資を容易に入手できるので、戦いを有利に運ぶことができたの。そのため、高麗中国連合軍は、半年も経《た》たないうちに、中国地方と四国を占領、九州へ上陸した。高麗中国連合軍は関西地方へ進撃し、近畿地方全域を占領して、ついには愛知の名古屋、岐阜、長野、新潟へ兵を進め、箱根《はこね》を越えて、東京に迫る勢いになった」

「東京まで占領されたら、日本全土を占領させることになるな」

「だから、さすがにアメリカ政府も黙っていなかった。そして、不干渉政策を止め、日本救出に乗り出した。当時の日本政府も自主独立政策を掲げて自衛軍を創設し、アメリカ軍の全面支援を得て反撃に出た。その結果、日米連合軍は静岡、長野、新潟の半分を奪還した。九州でも日米連合軍が反撃し、高麗中国連合軍を押し返し、九州を奪還した。

こうした日本の窮状《きゅうじょう》を見ていたソ連軍が、突如、守りが手薄な北海道へ上陸し、またたくまに津軽《つがる》海峡までを占領してしまった」

「そんなことがあったのか」

俺は信じられない思いで、加奈の話を聞いていた。

「そこで、国連やイギリス、フランスなどの和平仲裁工作が入り、高麗、中国、ソ連とアメリカ、日本双方は、現状地点で戦闘を停止するという休戦協定を結んだ。こうして現状が固定され、北海道はソ連領、本州は新潟の上越《じょうえつ》から長野、岐阜、名古屋を結ぶラインを非武装中立地帯として、その東側が日本国になり、その西側の福井県、富山県、さらに滋賀県、京都府など近畿各県、中国各県、四国は、いずれも高麗共和国領になった。九州と沖縄はアメリカ領とされ、日本国は領土が関東信越地方と東北地方しかない、小さな国になったというわけ」

分裂国家日本の現実に、俺はしばらく呆然《ぼうぜん》としていた。

どこかで、こうした分裂国家の日本とはまったく違った統一国家の日本を描いたSFを読んだような気がするのだが、詳しくは思い出せなかった。

「もう半世紀以上も前の話よ。でも、まだ軍事境界線は国境ではなく、休戦ラインそのまま。日本は高麗、中国、ソ連崩壊後のロシア三ヵ国とは、いまだ交戦状態にあるの」

「だから、高麗や中国、ロシアは我が国へ秘密の工作員を送り込み、国家を転覆させようと画策しているというわけだな」

「そう。だから、革命警察軍が必要になった。敵が影の戦争をしかけてくる以上、それに対抗できる軍が必要になる」

「アメリカは助けてくれないのか？　日米同盟なのだろう？」

「まやかしの友好国だわ。もし、本当に日本を助けてくれるつもりなら、いつまでも九州、沖縄を占領していないでしょうよ」

「アメリカは九州、沖縄を日本へ返還してくれないのか？」

加奈はふーっと溜め息を洩らした。

「アメリカ政府だって、信用できないのよ。一番の敵は味方の顔をした敵。アメリカ政府のある高官が洩《も》らした話では、当時のアメリカ政府、国務省は、ソ連や中国と裏取引をしたということだった。お互い戦わずに、日本を分割しようと。それでソ連は安心して北海道へ侵攻したし、中国は東日本への侵攻を主張する高麗に圧力をかけ、現状で満足するように強《し》いた。そして、中国は一番おいしい大阪市や神戸市に中国租《そ》界《かい》を作り、高麗の支配も及ばない特別区とした。いまから考えると、全部出来レースだった可能性が高いの。騙された日本人が悪いといえば悪いけど、ひどい話だと思わない？」

加奈は憤慨《ふんがい》していった。

俺はあまりの事態の複雑さに、言葉も出ないほど驚いていた。

「さ、ほかに聞きたいことは？」

「ありがとう。だいぶ疑問が解けた。助かった。だけど、まだまだ質問するのが恥ずかしいようなことがたくさんある。追い追い、聞かせてくれるかい？」

「もちろん。わたしの説明でよかったら。ただし、いまの話でも、わたしなりの解釈が入っていて、誤りがあるかもしれない。だから、図書館やインターネットで調べたらいいと思う」

「ああ、そうしよう」

俺は空になった紙コップをくしゃくしゃに丸めて、くず篭《かご》に放り込んだ。

「ところで、カナ、俺は明日、ここを引き払う。俺の部屋へ戻りたい。そこへ俺を連れて行ってくれ」

「ゾル、どうしてあなたの部屋があると思うの？」

加奈はそういいながら、先ほど自分でいったことを思い出し、納得するようにうなずいた。

「そうね。わたしがあなたの本箱を調べたといったわね。分かった。案内しましょう」

「それからスダック全員に招集をかけてくれ。今後のことを話し合いたい」

「了解」

加奈は、ほっと吐息をついた。

「やっとゾルらしくなったわ」

俺は思わず両肩をすくめた。

# 第4章　特攻機動隊ＳＤＡＫ

## 1

時々、夢で見たのか、それとも本当にあったことなのか、分からないことがある。

まさに夢か現《うつつ》か幻かといったところなのだが、俺のいまの心境はまさにそれだった。

昨夜もリアルな夢を見た。愛していた女が何者かに拉致《らち》され、その彼女を取り戻そうとする俺がいる。だが、なぜかその作戦は失敗してしまい、女が殺されるという夢だ。

これまで何度も夢で見た、同じ女だった。

なぜ、何度も何度も、同じようなプロットの夢にうなされるのだろうか。

警察病院からリハビリ施設に移って来てから、いったんは見なくなった夢だったが、また頻繁《ひんぱん》に見るようになってしまった。

もし、夢占いというものがあるとしたら、この女の夢はいったい何を意味しているのだろうか。

しかも、気になるのは、いつも女は死に、俺は彼女を助けることができないという嫌な結末であることだ。

フロイト学者の精神分析にかかれば、潜在意識下にある、女への性的欲望が満たされないため、同じ女の夢を繰り返し見るのだ、ということになるのだろう。

だが、そんな解説を聞いたからといって、少しも気が楽になるわけではない。

それとも、そんな学者先生は、俺が夢で見たことを実際にやってみれば、そういう性的欲望とやらを満足させることができ、もう夢を見なくなるよ、やってみなよと、無責任に挑発しているのだろうか。

馬鹿馬鹿しい限りだ。そんなことやら、新宿の薄暗い路地裏のテントで、星占いの婆さんが水晶玉を撫でながら話してくれる妖《あや》しいお伽話《とぎばなし》の方がよほど真実味があった。

加奈が車で施設に俺を迎えに来たのは、約束通り、朝の九時だった。

車は燃えるような真紅のポルシェ・カレラ９１１だった。俺には派手過ぎて、とても乗れそうにない。

運転席から降りた加奈は女性警察官の制服ではなく、普通のＯＬが着ていそうな濃紺のスーツ姿だった。

ポルシェに乗るには、あまりふさわしくない真面目な格好だ。だが、加奈のそんなアンビバランツな感覚が、なぜか俺は気に入った。

俺の方は、白のスポーツ・シャツにジーンズを穿《は》いた、いつもの格好だ。違うところは、加奈が俺の部屋から持ってきてくれた黒の革ジャンパーを着ていることだった。

俺は加奈とともに外へ出た。

ひんやりとした外気は清々《すがすが》しく、空気がおいしかった。肺いっぱいに新鮮な空気を吸い込み、鼻から静かに吐き出した。太陽の光が眩《まぶ》しい。

「はい、これ」

加奈は掛けていた黒いサングラスを俺に差し出した。俺はサングラスを一応受け取ったが、すぐには掛けなかった。

「眩しいけど、俺にはこの自然の光がいい。久しぶりなんでね」

思えば病院から施設に移されても、外出をしたことがなかった。いつも人工的にコントロールされた空気と、照明の中で暮らしてきたのだ。

世界がこんなにさまざまな匂いに満ちた場所だったと、初めて気づいたほどだった。

「まあいいから、掛けてみて」

加奈は運転席に座り、新しいサングラスを掛け、手で俺に助手席に座るよう促した。ドアを開け、俺は助手席に座った。シートベルトを締める間も取らず、加奈はポルシェを発進させた。

加速がかかり、Ｇが軀にかかるのを感じた。砂利道《じゃりみち》の小石をタイヤで弾き飛ばしながら、検問所のバーを通過した。

衛兵が罵声《ばせい》を浴びせた。加奈は気にせず、車道に出ると、さらに加速した。

畑の中を走る直線道路だった。ほとんど行き交う車両もない。

俺はサングラスを掛けた。予想した通り、サングラスにヘッド・アップ・ディスプレイが組み入れてあった。

ターゲットから目を外さずに、眼鏡に緑色の文字や数字で表示されるデータを読むことができる。

対向車が、一台来るのが見えた。

ターゲット・ロックオン。

車種トヨタ・レクサスＲＸ。白色。ＴＫＯ２４ぬ２９１７。乗員二名他。男女、犬一。運転者男。時速六十二キロメートル。方位００１。武装なし。赤外線放出源位置確認。距離１２１Ｍ。急速接近。

距離を示す数字はみるみるうちに減っていき、ついには０になった。

白色のレクサスＲＸとすれ違った。助手席に小犬を抱えた中年女の姿があった。

「使い方分かる？」

「大丈夫だ」

無意識ではあったが、俺は操作方法を覚えていた。

俺はサングラスの弦《つる》についたスイッチをオフにし、加奈へ返そうとした。

「ゾル、そのサングラスはあなたのよ。そのまま使って」

「俺は、こういうオモチャを、あまりあてにしていない」

加奈は、にやっと笑った。

「ゾルは以前もそういっていた。よかった。変わっていない」

車は高速道路への誘導路を駆け上がっていく。関越《かんえつ》自動車道東松山《ひがしまつやま》インターの料金所が見えた。

やや速度を落とし、車はEMSの車線へ進んだ。バーが上がり、車は滑るように本線へ駆け上がって行った。

上り車線へ流れ込む。車の流れは時速百二十キロを超えている。東京まで六十キロという交通標識が、後方へ飛んで行く。

「俺の住まいは？」

「どこにあるか、思い出せる？」

「思い出せない」

俺は曖昧な記憶の断片を辿《たど》った。

学生時代までは、八王子《はちおうじ》の学生専用アパートにいた。警察官になってから、一時、四谷《よつや》の独身寮に入り、規則ずくめの生活をしていたはずだ。

独身寮を出た後は、多摩《たま》の訓練センターの寮に入った。

だが、その後の記憶がない。あっても曖昧模糊《もこ》として鮮明ではない。

記憶の断片のひとつは、ＪＲ蒲田《かまた》駅周辺の繁華街だ。窓の外に、工学院という専門学校の校舎が見えた。

多摩川河川敷の風景も記憶にある。高台のマンションの窓から見た景色だった。

河川敷で草ラクビーの練習をしている若者たち。それは、いつごろの光景だったのだろうか。

「見ればきっと思い出すわ」

加奈はカーラジオのスイッチをオンにした。テンポのいいリズムの曲が流れだした。女の歌手が、切ない恋の終わりを唄いあげている。

英語の歌は日本語の歌になり、さらにハングルの歌に替わって、もう一度英語の歌詞に戻る。その繰り返しが、まるで輪舞《りんぶ》のように回転する。

かなしみは
いつも外から
見送っていたい

聞いたことのある歌詞だ。思い出した。学生時代に読んだ、寺山修司《てらやましゅうじ》の詩の一節だ。

唄っている歌手も覚えている。

絵里《えり》……。えんどう絵里。

たしか、そんな名の日本人歌手だった。

物憂《ものう》げで、哀《かな》しげな雰囲気を醸《かも》し出す歌い手だ。

わたしたちは兵士
戦いは永遠《とわ》に終わらず
かなしみだけが
わたしのともだち

「この歌は？」

「恋の戦士。いま、若者たちに絶大な人気がある、みすみ絵里の歌よ」

「みすみ絵里？」

俺は訝《いぶか》しげな表情になって、加奈に聞いた。

「名前はえんどう絵里じゃなかったかい？」

「いえ、みすみ絵里よ」

「そうかな。この歌は初めて聞いたが、俺の好きな歌い手だから」

「そう？　ゾルが絵里を好きだなんて、初めて知った」

曲が終わり、男のＤＪが「みすみ絵里の『恋の戦士』でした」といった。

「ね？」

加奈は運転しながら、ちらりと俺に流し目をした。

「本当だ。俺の記憶違いだ」

「絵里も越境者の在日の子供よ。若いのに苦労しているわ」

「在日韓国人だったのか。だから、ハングルでも唄えるのか」

「もともと絵里の歌には国境がない。中国語やロシア語、英語のバージョンもある。だから、日本で人気が高いだけでなく、高麗でも北海道でも九州、沖縄でも、たくさんの若者たちから支持されている。台湾、中国にもツアーで回っているほどよ。いまでは、アジアの歌姫として名が高いわ」

俺が知っていた絵里は、まだそんなにビッグではなかったような気がする。在日であることも知らなかった。

ただ、この娘はきっと成功する。そう思わせるオーラを放っていた。俺が意識不明で眠っていた間に、絵里は一挙にブレイクしたのだろう。

加奈の運転する車は、勢いよく他の車を追い抜いていく。緑の木々は少なくなり、灰色にくすんだ都会の街並が近づいてきた。

何台か抜き去った車の中から、パトカーが飛び出した。サイレンを鳴らし、赤灯を回転させ、尾行してくる。

「大丈夫か？」

「いつものこと」

加奈は窓ガラスを少し下ろし、車内から赤灯を取り出して屋根に乗せた。ついで、サイレンを鳴らす。

なおもアクセルを踏み込むと、バックミラーに見えたパトカーは大人しく赤灯を消し、走行車線に戻って行った。

加奈は赤灯とサイレンをつけたまま、快調に車を飛ばす。その目は、生き生きと輝いていた。

鼻歌が聞こえた。

危険な飛ばし屋だな。

俺は溜め息をつき、助手席の背もたれに寄り掛かって、ぼんやりと風景に目をやった。

FMラジオは、流行のアメリカン・ポップスを流していた。

やがて関越道は高架線《こうか》になった。加奈は赤灯を戻し、サイレンも止めた。

車は関越を降り、外環道路のトンネルに潜り込んで行った。

## 2

目の前に東京湾の海原が拡がっていた。東京港へ向かう巨大なコンテナ船が、ゆったりと移動している。

車はレインボーブリッジを越え、お台場を横に見ながら、高速湾岸線に走り込んだ。十三号地ランプで高速道路を降りる。

道路に「ウエルカム・ツウ・レインボーランド」と書かれた看板が立っていた。

モノレールの高架線下をくぐり、さらに海へ向かって走る。その先に、忽然《こつぜん》と三棟の高層ビルが建っているのが見えた。

いずれも十二階建ての同じデザインの台形をしたビルで、それらのビルが三方から中央の公園を取り囲むように並んでいた。

ジャンボ機の巨体が、轟音《ごうおん》を立てながらゆっくりと上空を過《よぎ》っていく。羽田《はねだ》空港の滑走路に向かって、着陸態勢に入った日航機だ。尾翼の鶴のマークが、一際鮮やかに目に入った。

眩暈《めまい》を覚えた。いや眩暈というよりも、フラッシュバックだ。

夢か現実か分からない。

目の網膜《もうまく》にいくつもの静止した映像がきらめくと同時に、何かを思い出したのだ。

そして、聞き覚えのある旋律《せんりつ》が耳に鳴り響き、女の歌声が脳裏を過った。

さっき耳にした絵里の唄だった。

わたしたちは兵士
戦いは永遠に終わらず
かなしみだけが
わたしのともだち

俺は両手で目を覆った。フラッシュバックは消えていた。

加奈が心配そうな顔で聞いた。

「大丈夫?」

「ああ」

自信はなかったが、そう答えた。

頭痛を覚えた。手術前にもあった疼痛《とうつう》だ。

「頭が痛い」

「部屋に行けば、何かクスリがあるはず」

加奈は車を海岸寄りにある台形のビルに走らせ、地下駐車場に続く坂道へ滑り込んだ。

駐車場の出入り口には、シーサイド・アーバン・ハイツＢ棟という標識があった。坂を下った先に、警備員が常駐する詰め所があった。車はバーの前で止まった。二人の警備員が、両側から車に寄ってきた。若い警備員の手には、ショットガンが握られている。

もう一人は年配の警備員だ。二人とも腰に拳銃を下げた、武装警備員だった。いつから日本では普通の警備員まで銃を持つようになったというのだ？

加奈は年配の武装警備員にＩＤカードを出した。

年配の武装警備員は加奈には愛想《あいそ》よくうなずき、ＩＤカードをろくに調べもせずに返した。

俺の方に寄ってきた若い警備員はショットガンの引き金に指をかけたまま、助手席の俺に陰険な目を向けた。

「ＩＤカードを見せてください」

言葉は丁寧だったが、有無をいわさぬ態度だった。

俺は加奈に肩をすくめた。

「どうしよう。俺は何も持っていない」

「大丈夫。警備員さん、この人、知っているでしょ？」

年配の武装警備員が俺の顔を見ると、さっと挙手の敬礼をした。

「失礼しました」

「どうも」

俺は思わずうなずいた。

年配の警備員の態度に、若い警備員はショットガンの引き金から指を離し、急いで銃口を上に向けた。

「開けろ」

年配の警備員は、頭上の監視カメラに手を上げた。目の前の頑丈そうなバーが上がった。

加奈は排気音を一噴きさせて、車を駐車場へ走り込ませた。

「やけに厳重な警備態勢だな」

「このマンションには、政府省庁関係の幹部職員が多いから。ゾル、あなたもそのひとり」

「カナ、きみもここに住んでいるのかい？」

「ええ。でも、私はＡ棟。このＢ棟の左隣のビル」

加奈は地下三階の駐車場に下りると、車を駐車スペースに入れて止めた。

俺は加奈に案内されるようにして、エレベーターに乗った。

加奈は十階のボタンを押した。

「この地域は羽田空港の離着陸コースに近いので、十二階以上の高さのビルは建設できない決まりなの。だけど、十階でも結構見晴らしがいいはず」

「加奈は何階に住んでいる？」

「最上階の十二階のテラス付き。女ひとりで住むには広すぎるけど、そのうちにね」

加奈は曖昧に笑って頭を振った。

エレベーターが止まった。ドアが開き、加奈は先に立って歩き出した。

人気のない廊下の両側に、ドアが並んでいる。

「鍵は？」

「予備のキイがあるわ」

加奈は１００７のドアの前で止まり、俺に一枚のカードキイを差し出した。

「どうぞ。あなたの部屋だから」

俺はカードを受け取り、ドアのスリットに差し込んだ。解錠される音が聞こえた。

俺はドアを開け、中に入った。

入り口の壁にカード入れがあり、そこへカードを差し込むと、部屋に電源が入る。明かりが点《つ》いた。俺は部屋を見回した。

乱雑に散らかった居間。窓に向かって置かれた机。机の上には本や書類が、山積みになっていた。

本棚にもびっしりと本が入れてある。本棚の前にパソコンがあり、液晶ディスプレイやキイボードが置いてあった。

寝ていた痕《あと》が残されているソファベッド。液晶ハイビジョンテレビが一台。ＤＶＤやブルーレイディスクが、ラック一杯に積んである。

加奈は腐りやすい食物と食器類だけは、片づけたといった。

「ほかも片づけて、掃除をしておこうかと思ったけど止めた。本や書類は、勝手にいじられたら気分が悪いだろうから」

「ああ。他の人から見れば、散らかっているように思うだろうが、当の本人からすればちゃんと整っているんだ。放っておいてくれて、正解だ」

そういった時、俺はまた眩暈を覚えた。

今日、二度目の立ちくらみだ。

デジャブ。既視感《きしかん》。

これと同じ光景を、前に見たような気がする。

女とこの部屋の入り口に立ち、いまと同じような会話を交わしている。夢で見た女。顔ははっきり覚えていない。だが、俺が愛した女だという思いだけは分かる。

また後頭部に、ずきずきと痛みが走った。

「ゾル、どうしたの？」

「頭痛がする」

俺は狭い廊下に出て、洗面台の前に立った。確か鏡の後ろの棚に、アスピリンが置いてあったはずだ。

鏡にジャンパー姿の俺が映っていた。鏡の扉を開けた。一番上の棚に薬品類が入れてある。その中から、市販のアスピリンの瓶《びん》を取り出した。

タブレットを二錠、口に放り込む。洗面台の水道の栓をひねり、蛇口から迸《ほとばし》る水をコップに受けた。

カルキ臭い水で錠剤を飲み込んだ。このまずい水の味も覚えている。

洗面台の棚には、二本の歯ブラシが吊してあった。一本は水色の柄、もう一本はピンク色の柄だった。一本は俺の歯ブラシだ。

「誰かと同棲《どうせい》していたのかな？」

「いえ、あなたは一人住まいだった。誰か出入りしていたのかもしれないけど」

加奈はピンクの歯ブラシにちらりと目を走らせたが、何もいわなかった。

浴室はきれいに掃除されていた。トイレも使われた気配がないほど、美しく磨かれてあった。

廊下を挟んだ向かい側には、キッチンとダイニングルームがある。食器やグラスなどは、食器棚に片づけてあった。

廊下の突き当たりの部屋は、確か寝室のはずだ。

俺はドアを開け、中を覗き込んだ。シングルベッドが一台。こちらは寝た跡がない。

毛布とシーツは軍隊式に皺《しわ》ひとつなく伸ばされ、マットの下に挟み込まれている。

枕元に洗濯されたパジャマがきちんと畳まれ、ベッドの上に置いてあった。

「あ、それはわたしがやっておいた。帰ってきた時、いくらなんでもほったらかしになっているのは気分が悪いだろうと思って」

「ありがとう」

俺は寝室のカーテンを開けた。ベランダ越しに東京湾の海原が見える。貨物船やタンカーが往来していた。

寝室の奥には、ウォークイン・クローゼットがあった。スーツやコート、ジャケットが吊してある。いずれも、見覚えがある俺の衣服だ。

ひとわたり部屋を見て回り、居間兼書斎に戻った。やはり散らかったこの部屋が、一番落ち着く気がする。

どこか、俺の部屋とは違うところもある。

そんな違和感もあるにはあるが、どこがどう違うのかといわれても、それが指摘できないからもどかしいのだ。

きっと記憶を喪失した上に、四ヵ月以上も部屋を留守にしていたせいだろうと、俺は無理やり自分自身を納得させた。

アスピリンが効いたのか、後頭部の疼痛はほぼ消えていた。それと一緒に、デジャブもなくなっていた。

「どう？　自分の部屋だってことを思い出した？」

「確かに俺の部屋だ」

「よかった。ここは自分の部屋ではないといいだしたら、どうしようかと思った」

加奈は安堵した様子だった。

どこかで携帯電話の呼び出し音が鳴り響いていた。くぐもった音だった。

「電話だ」

「弁慶からかもしれない。電話はどこにあるの」

加奈が部屋の中に、目を泳がせた。

「携帯電話は確か、この中に放り込んである」

俺はつかつかと机へ歩み寄り、机の袖にある一番下の引き出しを開けた。携帯電話が喧《やかま》しく呼び出し音を鳴らしていた。俺は携帯電話を、耳にあてた。

『ゾル、やっと出たか』

弁慶の声が聞こえた。

『みんなアジトに集まっているぜ』

「分かった。すぐに行く」

俺は通話ボタンを押し、携帯電話をまた引き出しに入れて閉めた。

「みんな、集まったそうね」

加奈は携帯電話のディスプレイを見、送信されてきたメールを読みながらいった。

「アジトは、どこにある？」

「近くよ。スダックの要員は、全員職住接近させているの。行きましょう」

加奈は俺に、外に出るよう促した。

俺はもう一度名残惜しそうに部屋の中を見回し、「行こう」とうなずいた。

## 3

スダックのアジトは、歩いても五分とかからない近くにあった。

みんなはアジトと呼んでいるが、それは仲間内だけの符丁《ふちょう》だった。

シーサイド・アーバン・ハイツのビルの隣に、七階建ての横長のビルが建っている。

墓石を思わせるような、これといって特徴のないビルだが、それが国家統一庁だった。

革命警察軍ことＲＰＦは、この国家統一庁の直轄《ちょっかつ》機関だった。

ＲＰＦの部隊は、東京はじめ各県庁所在地に配置されていたが、ＲＰＦ本部は国家統一庁の中にあった。

その秘密部隊の一つである特攻機動隊スダックもビルの一室を与えられ、そこを本部指揮所から独立した「戦闘指揮所」にしていた。

アジトは、その「戦闘指揮所」の通称だった。

会議室には、俺を含めて、スダックのユニット班員全員が顔を揃《そろ》えた。

カナこと山本加奈。大尉。

弁慶こと磯神真妙。准尉。

ソヌことソヌ・イン（鮮于仁）。工兵中尉。

ブルこと駒田剛。曹長。

開田雄司。狙撃兵。上級軍曹。

尾崎敏実。電子技術兵。軍曹。

和泉勇也。ドライバー。伍長。

以上の七人である。

俺の話が終わると、みんなはやれやれという顔になった。

「要するに、ゾルは当分、指揮官としてはあてにならんってことだな」

弁慶が頭を振りながらいった。

ブルがにやっと笑った。

「まあ、そういうことだ。しばらくわしらも休養を取って、のんびりさせてもらおうじゃないか」

ソヌがブルを諫《いさ》めるようにいった。

「そうはいかん。我々がのんびり休んでいる間も、敵は工作の手を緩めずにいるのだからな。ゾルなしでも、我々は敵の工作を阻止すべく活動せねばならない」

「そうはいっても、なあ開田。おまえはどう思う？　指揮官のゾルがあってのスダックだよな」

「自分は……」

開田は何かいいかけて、途中で言葉を止めた。

「ただゾルの命令を忠実に実行するだけで、それを待つのみです」

「尾崎、おまえは？」

「ぼくも、ゾルが早く記憶を回復するのを祈るだけです」

ブルが不満そうに口を挟んだ。

「そんなことをいっているんじゃねえよ。ゾルなしではやれねえんだから、のんびり休みを取って英気を養う時ではないかといっているんだ」

「もう四ヵ月というもの、開店休業状態ですよ。これ以上休んだら、頭がぼけてしまう」

尾崎は頭をこんこんと叩いた。

ブルは一番年下の和泉に向いた。

「走り屋、おまえの意見は？」

「俺はゾルがいてもいなくても、走らねばならない時は走るだけです。それが俺の仕事だから」

加奈がブルを見つめながら、口を開いた。

「ブル、分かったわ。あんたのいいたいことは。だから、こうしましょう。現場では、ゾルの代わりに私が指揮を執る。ゾルはきっとそのうち、いろいろ思い出してくれるでしょう。それまで、私の命令を聞いてほしい。それが嫌だったら、上に話してスダックを解散するか、そのどちらかね」

弁慶は真っ先に手を上げた。

「俺はいいぜ。カナ、あんたが副官なのだからな。ゾルの代理としての資格もある。

なあ、みんな、当分それでいこう」

「賛成」

ソヌが右手を上げた。

「自分も」

開田や尾崎、そして和泉も、おずおずと手を上げる。

「分かったよ。みんながいいというなら、俺もカナ、いや大尉に従うよ。解散させられるよりは、よほどマシだものな。飯の食いっぱぐれもないだろうし」

ブルは不満げだったが、仕方なさそうに賛成の手を上げた。

俺はみんなを見回していった。

「いつまでかかるか分からないが、必ず記憶を取り戻す。みんなも俺に協力してくれ。現場に出たら、俺もカナ大尉の指揮に従う。現場で大事なのは、指揮官を中心にしたチームワークだ」

俺は話しながら、また強いデジャブを感じていた。

かつて同じように、SATの部下たちを前にして、話をしていたような気がしたのだ。

そうだ。確かに警視庁SAT（特別攻撃隊）だった。自分はかつて警視庁SATの班長だったはずだ。

いつのころだったかは分からない。俺はきっと、その経験を買われて革命警察軍にリクルートされ、スダックのリーダーにされたのだろう。

「ゾル、大丈夫？」

加奈が心配そうに覗き込んだ。

俺は一瞬、デジャブに囚《とら》われ、放心状態になっていたらしい。

弁慶はじめ、みんなも黙ってこちらを見ていた。

「大丈夫だ。話しながら、ちょっと思い出しそうになったことがあってね」

俺はわざと元気な声でいった。

「カタリについて、いまどんな捜査をやっているのか報告してほしい。その捜査内容を聞かされれば、何か思い出すことがあるかもしれない」

加奈はうなずいていった。

「では、私から説明を。ＲＰＦ本部からスダックに捜査命令が出たのは、二件の失踪事件についてだった。いずれも、高麗に拉致された可能性が高いためだ」

「拉致された？」

「そう。弁慶、あんたとソヌが担当している事件を話して」

「あいよ」

弁慶は腕組みを解いていった。

「ゾル、俺とソヌが調べていた事件は、一昨年、昨年とあいついで起こった、国防省の科学技術研究所の技官失踪《しっそう》事件だ。一昨年九月には、杉本小織《すぎもとさおり》という美人の女性技官が、いつものように車で研究所を出て帰宅したはずなのに、家にも帰らず、忽然と姿を消した。彼女のパソコンに入っていた研究に関するデータは、全部消されていた。

家族から警察に捜索願いが出る前から、DIA(国防情報局)と内閣情報調査局が、秘密に失踪した理由や杉本の行方を捜索したが、皆目《かいもく》見当がつかなかった。警察も乗り出したが、捜査は行き詰まり、失踪者リストに載せて継続捜査という扱いになった。

ところが、昨年夏になって、また新しい失踪事件が起こった。それによって、事件は新たな展開を見せることになった。その失踪事件については、ソヌから説明してもらおう」

弁慶に名指しされ、ソヌはうなずいた。

「もう一件は、昨年七月に、同じ科学技術研究所の吉川範生《よしかわのりお》技官が車で出勤したが、科技研には到着せず、これまた忽然と姿を消した。吉川技官は杉本技官の直属の上司で、一緒に研究を行なっていた。

杉本小織との恋愛問題があったのではないかという推測も流れ、杉本が失踪したことで生きる希望を失い、自殺したのではないかという噂もあったが、吉川には家庭的な不和もなく、杉本にはちゃんとした同棲相手がいることが分かり、噂は否定された。

一ヵ月後、吉川技官の車が、伊豆《いず》半島にある西海岸の山中で発見された。車の中には血痕《けっこん》があり、それが吉川技官の血液型と一致した。それで吉川技官は、高麗の工作員たちに拉致されたのではないか、という疑惑が生じた。

　吉川技官の場合も、彼のパソコンから研究データがごっそりと消えていたことが分かった。それで杉本技官も、吉川技官同様に高麗の工作員に誘拐拉致されたのではないか、ということになった。いま、その吉川技官の足取りや身辺を、洗い直している最中だ」

「二人は科技研で、いったい何の研究をしていたのだ？」

　俺の問いかけに、弁慶は頭を振った。

「誰だって、まず最初にそう考えて当然だろう？　けしからんことに国防省や科技研のお偉いさんは、それは教えられない。国家機密事項だってのよ。そんなことは調べないでいいから、二人が誰に拉致されたのか、あるいは自ら望んで失踪したのか、はっきりさせろ。さらに彼らの行方を調べろというんだ」

　ソヌも憤慨《ふんがい》した口調でいった。

「国家機密事項に関しては、国防省の長官であれ、科技研の所長であれ、守秘義務がある。それを洩らせば、国家反逆罪で逮捕され、悪くすると死刑になるというんだ。そんな重要な研究だったら、科技研なんていうセキュリティーのしっかりしていない施設でなく、警備が整った特別の研究所でも作って、研究をさせればいいじゃねえか。そう局長に文句をいったんだ。ゾル、あんたもえらく怒っていたんだが、覚えていないのかねえ」

「そうだったのか。で、その研究の内容は分からずじまいなのだな」

ソヌはにやっと笑った。

「それはまあ、俺たちも秘密を嗅《か》ぎ出すプロだから、どんな研究なのかについては、徹底的に調べ上げた。よほど大それた兵器開発研究かと思ったら、そうでもなかった。杉本技官の研究は、マウスを使って電磁波の性質を調べる基礎実験で、取り立てて目新しい研究テーマではない。上司の吉川技官の研究は、宇宙で発見されたブラックホールから出る電磁波を測定する研究で、これまた素人《しろうと》考えだが、現実にはあまり役に立ちそうもない浮き世離れした研究だ。どちらも、どういう兵器開発に関係するのか分からないが、皆目見当もつかないものだ」

「どうして、そんな基礎研究や実験が国家機密だというのか？」

加奈が疑問を口にした。

もっともな話だ。そんな研究が、なぜ国家機密になるのか、俺だって首を傾げる。

「もしかすると、そういった電磁波の研究は、表向きの研究ではないのかな。もっと重要な研究を、世間から隠すためのダミーかもしれない」

弁慶がうなずきながらいった。

「なるほど。ゾルのいう通り、ダミーの線は大いにあるな。彼らも馬鹿ではない。俺たちの情報収集能力を思えば、下手に隠すよりも秘密めかしたダミーを俺たちに掴ませ、誤魔化しておいた方がいいと思ったかもしれない」

俺は加奈の目を見て訊《たず》ねた。

「本部から捜査命令が出た、もう一件の事件というのは？」

「去年の夏、東京をはじめ東北の仙台《せんだい》、盛岡《もりおか》、秋田など地方都市で、大量薬物中毒事件があいついで起こった。原因は覚醒剤《かくせいざい》に代わる新種の合成麻薬だったが、中毒にかかった連中が飛び降り自殺をしたり、錯乱して周りの人を殺したりした上に、自分も死んでしまう。そんな事件だった」

「大量薬物中毒で何人が死んだって？」

「東京だけで十六人、全国では七十三人」

「どうして、その薬物中毒事件を調べろといってきたのだ？」

「その合成麻薬は高麗産で、飲むと攻撃的になり、死ぬのが恐くなくなる。そこで、高麗はこの薬を密かに人民軍兵士に飲ませ、戦争に駆り立てたという話がある。どうやら、国内にいるカタリが社会に騒乱状態を作るために、大量に密輸したらしい」

「それにしても、そういう合成麻薬事件なら、警察か厚生省の麻取が捜査するのではないのか？　我々スダックが出る幕ではないように思うが」

俺が訝ると、加奈はうなずいていった。

「確かに、そう。でも、合成麻薬の密売が、カタリの資金源ではないかといわれている。それにもう一つ、先の失踪事件の吉川技官だが、彼の研究所の机の引き出しからも、その合成麻薬が出てきた。それで、それら三つの事件は、どこかで繋がっているのではないか、ということになった。そこで我々の出番となった。命令は、この合成麻薬事件を仕入れたカタリのメンバーを割り出して逮捕し、組織を壊滅に追い込め、というものだった」

「で、犯人たちは分かったのかい？」

「五ヵ月前、地道な捜査の結果、犯人たちのアジトを見つけ、急襲した。しかし、残念ながら、彼らはアジトもろとも自爆して果てた。捜査はいまも続行している」

「その時には、ゾルが指揮を執っていたのだが、覚えてはいないか？」

弁慶の問いかけに、俺は頭を左右に振るしかなかった。

突然、電話のベルが部屋に鳴り響いた。

加奈が受話器を取り上げ、耳にあてた。

「了解。直ちに出動準備に入る」

加奈は受話器をフックに戻し、みんなを見回した。

「本部からレベル３の出動要請《ようせい》が出た。尾崎はアジトで待機して援護せよ。ほかのみんなは、ＡＺの兵装をして五分後に出発する」

「あいよ。ちょうど退屈していたところだ」

弁慶は両手を伸ばして立ち上がった。

「腕が鳴るぜ」

ブルが武者震《むしゃぶる》いし、尾崎はパソコンの前に座った。

「ゴーゴー！」

加奈が急《せ》かした。

ほかの隊員たちは全員、隣のロッカー室へ走り込んだ。俺も遅れないように、自分のロッカーに駆けつけた。

ジャンパーを脱ぎ、迷彩戦闘服に着替えながら、加奈に聞いた。

「レベル３というのは？」

「緊急度３は通常の兵装でいい、ということ。相手が銃で武装している場合のほとんどはそう」

加奈はスーツを脱ぎ捨て、ブラジャーとパンティ姿になった。加奈は恥ずかしがる様子もなく、手早く迷彩戦闘服を着込み、防弾チョッキを装着した。

誰も慣れっこになっているらしく、そんな加奈の格好を見ている隊員はいなかった。

# 4

UH―60JAブラックホークは、ローター音も高く、屋上のヘリポートから空中に舞い上がった。

ブラックホールはすぐに方角を西に取り、飛行を始めた。みるみるうちに、国家統一庁の黒々としたビルが眼下に遠ざかっていく。

七名のスダック隊員は、全員ヘルメットを被り、防弾チョッキを着込み、膝当《ひざあ》て脛当《すねあ》てを装着した完全武装の格好だった。

「相互に装備チェック！」

加奈は鋭い声でいった。

俺は無意識のうちに、向かい側に座った加奈の装備を目でチェックした。

加奈も俺の装備をチェックしている。

さらに隣に座った弁慶の装備もチェックする。

俺は、またデジャブに襲われた。前にも、こうしたヘリでの緊急出動を行なっているはずだ。

舷窓を見ると、スモッグでくすんだ東京の街並が流れていく。行く手に皇居の緑の森が見えた。

高度千フィート。およそ三百メートルほどの高さだ。

ヘルメットに取り付けたインカム装置から、通信指令室のオペレーターの声が聞こえる。

『スダックへ、現場の状況を説明する』

オペレーターの冷静な声が耳に響いた。

『現場は副都心新宿、西新宿の高層ビル街の一つ。五洋《ごよう》電機株式会社ビル。そこへ客を装った男女数人が訪れ、突如、警備員四人を銃撃し、エレベーターに乗り合わせた複数の客や社員を人質に取って、最上階の五十六階にある役員室に突入、占拠した』

俺は加奈と顔を見合わせた。

オペレーターの声は続いた。

『役員室では折から、代表取締役社長の進藤《しんどう》守《まもる》氏をはじめ十二人の専務、常務など取締役が役員会を開いていた最中で、役員全員が人質に取られた模様。合わせて、同階にいた秘書複数を含め、エレベーターに乗り合わせた複数の客や社員全員、およそ三十人がそのまま人質になっているとみられる』

ヘリは皇居上空を迂回《うかい》して、御苑《ぎょえん》の上空を飛行していく。

『銃撃された警備員四人のうち二人は死亡、二人が重傷。ほかに流れ弾で社員にも負傷者が出ている。現場には警察官が出動して、犯人たちのいる最上階に肉薄《にくはく》し、突入を計っている。五洋電機ビルから、従業員の避難が開始された』

俺はインカムのマイクのスイッチを入れた。

「本部へ。こちらスダック・リーダー、ゾル。犯人の人数、武装についての情報を知らせ。どうぞ」

『本部からゾルへ。了解。現在、監視カメラの映像を調べている。犯人の人数、武装など分かり次第に知らせる。オーバー』

「了解《コピー》。犯人グループの要求は出ているか?」

『まだ出ていない』

加奈はチャンネルを切り替えると、俺に指を三本立てた。

俺はインカムのチャンネルを3に変えた。

加奈は膝の上にノート型パソコンを置いて、ディスプレイを俺に向けた。

「尾崎へ。五洋電機ビルの監視カメラをディスプレイに出せるか?」

『いま回線に入り込もうとトライ中。まもなく出せる。オーケー、繋がった。転送する』

尾崎の声が返った。やがてディスプレイに、監視カメラの映像が映った。

『犯人たちが突入時の映像に戻す』

それは、会社の一階ロビーの映像だった。

犯人とおぼしき数人が入ってきた。受付の女性たちが総立ちになる。

警備員たちが気づき、腰の拳銃を抜こうとする。すぐに男たちは銃を腰だめにして、乱射を開始した。

警備員たち四人が噴き飛ばされて、床に転がった。

男女数人が銃を構え、エレベーターへ駆けつけた。

エレベーターが一階に着いて、客たち七、八人が出て来ようとした。

犯人は銃を向けて客を威嚇《いかく》し、エレベーターに押し戻した。

そのうちの二人が、うまく犯人たちの脇を擦り抜けて逃げた。

「尾崎、映像チェック。犯人の人数は？」

『五人。男四人、女一人』

監視カメラの映像が、エレベーター内に替わった。

五人の犯人たちが、銃を客たちに突きつけている。客たちは男女六人。全員床に座らされていた。

犯人グループの一人である女が、耳に何かをあてて話している。

俺は叫ぶようにいった。

「待て。尾崎、右端の女は携帯電話をかけていないか？」

『かけている』

「どこにかけているのか、チェックしろ。会話を盗聴し、相手が誰かを逆探知しろ」

『了解。やってみる』

加奈が俺を見て、親指をぐいっと上げた。

俺はうなずき返した。

「さすがだ、ゾル」

弁慶も親指を上げて、片目を瞑《つむ》った。

ヘリのパイロットが振り返り、手でビルを指した。

新宿副都心の高層ビル街の上空に着いていた。すでにテレビか新聞社のヘリが、ビルの上空を旋回していた。

ブルが頭を振った。

「あいつら、まるでハイエナだぜ。人の屍肉《しにく》の臭いを嗅《か》ぎつけてさっそくお出ましだ」

加奈がマイクに向けていった。

「本部へ。五洋電機ビルの上空に、テレビ局や新聞社のヘリが舞っている。危険なので、半径五百メートル離れるように、各社に協力してもらってほしい」

『了解。一応、やってみる』

オペレーターの声が返った。

「尾崎、最上階のフロアの監視カメラに繋げるか？」

ヘリは五洋電機ビルの上空を、ゆっくりと旋回し始めた。

『尾崎からゾル。最上階の廊下監視カメラの映像をキャッチした』

「流せ」

パソコンのディスプレイに、人気のない廊下が映った。

犯人の一人が廊下に出てきて、非常階段のドアの前にザックを置いた。ザックの中で何かをいじっている。

ついで二基のエレベーターのドアにも、それぞれ白い四角の形をした物を張り付け、導火線を引いて、そのまま役員室へ入っていく。

加奈はマイクにいった。

「本部へ。至急連絡。犯人たちは爆弾らしい物を、最上階の非常階段のドアとエレベーターの扉にセットしている」

俺はパイロットに、ハンドシグナルで降下するように指示した。

「最上階の内部が見える位置まで降下しろ」

『了解。高度を下げる』

俺はまた、強いデジャブに襲われていた。前にも同じようなことがあったような気がする。

ヘリは高度を下げ、最上階のフロアを真横から覗く位置でホバリングを続けた。

突然、フラッシュバックが起こった。目の奥で何度も静止映像が見えた。

窓ガラスを破って、黒い弾体が飛び出してくる。

ＲＰＧ（対戦車ロケット弾）！

俺は、はっとしてビルを見た。窓ガラスは割れていない。ＲＰＧもない。

現実ではない。だが、背筋に冷汗が流れた。

いったいどういうことだ？

俺は最上階のフロアを窺《うかが》った。役員会議室と社長室に、人影が動いている。

「ビデオ、撮影しろ」

加奈が鋭い声で命じた。

「了解」

ソヌが小型ビデオカメラで、最上階のフロアを撮影し始めた。人質たちが、役員会議室の隅の床に集められている。

銃を構えて、脅している男たちは、全員覆面もしていない。女はしきりに、携帯電話を耳にあてている。

犯人たちはヘリに気づいた様子で、こちらを指差し、何事かを話している。

その時、またフラッシュバックが起こった。

さっきの映像の続きだ。ＲＰＧが飛来し、空中でヘリに命中して爆発する。

「上昇しろ！　上昇だ！」

俺はインカムを通して、パイロットに命じた。

パイロットは、驚いた顔で振り返った。

「どうしたの？　ゾル」

加奈が戸惑った表情で俺を見た。

「ＲＰＧ！　離脱しろ」

俺は怒声を上げた。

窓ガラス越しに、犯人の一人がスポーツバッグのようなものの中から筒状の物体を取り出すのが見えた。

「上昇する！」

パイロットが応答し、機体は急上昇を始めた。

「ようやく五人の姿を捉えたところだ。まだ撮影が終わっていない」

ソヌがカメラを構えながら怒鳴った。

機体が斜めになりながら、上昇していく。

「おいおい、どうなっている！」

ブルが大声で毒突いた。

「ＲＰＧだとよ」

弁慶が怒鳴り返す。

「そんなの見えたか？」

ブルが文句をいった。

俺の目の端に、役員会議室の人影が筒状の物体を組み立て、肩に担《かつ》ぐのが見えた。

携帯用ＲＰＧだ。

「テレビ局のヘリに警告！　敵はＲＰＧを所持している。この空域から離脱しろ」

俺はインカムに向かって命じた。パイロットが復唱し、周囲を飛ぶ民間ヘリに警告した。

テレビ局のヘリがホバリングして、最上階の様子を撮影している。

「逃げろ！」

俺は思わず大声でがなった。

役員会議室の窓ガラスが割れ、黒い弾体が飛び出すのが見えた。白煙の尾を曳《ひ》いて、弾体はするすると上昇していく。

ブラックホークの機体は急上昇し、ビルの屋上を飛び越えた。

ＲＰＧの黒い弾体は、青と白に塗られたヘリの機体へまっしぐらに吸い込まれた。

閃光《せんこう》が走る。

爆発が起こり、炎に包まれた機体やローターが、ばらばらになって墜落《ついらく》していく。

「テレビ局のヘリ一機がダウン。現場から離れるよう、警告。繰り返す。テレビ局のヘリ一機がダウンした」

パイロットが、本部に通報している。

加奈の鳶色《とびいろ》の瞳が大きく見開かれ、俺を見つめた。

「ゾル……」

「さすが、ゾルだぜ。もし、ゾルがいなかったら……」

弁慶も唸《うな》るようにいった。

俺は構わず、ソヌに命じた。

「ビデオ映像をチェックしろ」

「了解。映像を戻す」

「犯人たちの立ち位置、人数を再確認しろ。人質との識別方法。客や役員の中に、協力者がいるかもしれない。人質として不審な動きをする人物に注意」

「了解」

ソヌはビデオの映像を戻し、ディスプレイに画像を出してチェックを始めた。

無線のチャンネルを変え、インカムのマイクにいった。

「ゾルから本部へ。我々が五洋電機ビル屋上へ降りるのを許可願い《リクエスト》たい。どうぞ」

『許可できない。本件は警視庁特殊犯罪対策課が現場を仕切っている。ＲＰＧ対処の出動要請は、出ていない』スダックは現場上空にて、別命あるまで待機せよ』

この応答も、前に聞いた記憶があった。そして、許可は下りず、事件は最悪の事態を迎えてしまう。

どこかで流れを止めなければならない。

俺は一呼吸し、気を取り直した。

「ゾルより本部へ。板垣局長を出してほしい」

『局長は現在、総理官邸の危機管理センターに出ている。いま緊急会議中だ。すぐには出られない』

自分でこの事態を解決するしかない。俺は覚悟を決めた。

「犯人について、これまで分かったことを知らせよ」

『了解。犯人は五人。一人は女。その女がリーダーらしい。服装はばらばらだが、いずれも毛糸の帽子を装着している。無線インカムで話をしている。スクランブルがかかっており、盗聴不可。なお、犯人たちは東アジア反帝統一抵抗戦線を名乗っている』

「東アジア反帝統一抵抗戦線？」

俺は加奈を見た。

加奈はうなずき、無線で尾崎に、東アジア反帝統一抵抗戦線のデータを調べるように指示した。

『まもなく、彼らからの要求が出る。インターネット上で、記者会見をするといっている』

「会見の時刻は？」

『ちょうど五分後《コピー》だ』

「了解。アウト」

　俺は加奈やソヌ、弁慶、ブル、開田、和泉に手で合図し、インカムの無線封止を命じた。

　怪訝《けげん》な顔をする彼らを無視し、俺はパイロットに命じた。

「ビルの屋上に降着陸しろ」

「しかし、許可が必要です」

　パイロットが、おろおろしながらいった。

「それでは間に合わない。命令だ。現場の指揮官は俺だ。俺が責任を取る。降着陸しろ」

「了解」

　パイロットは応答し、ビルの屋上へ向けて、ヘリを降下させ始めた。

「カナ、弁慶、ブル、我々四人で突入する。ロープ、閃光弾《せんこうだん》、ガス弾、電子攪乱弾《かくらんだん》を使用する。各自ガス戦用意。スタンバイ」

加奈たちは、手早くロープや閃光弾などをザックに詰めた。

俺は手にした9ミリ機関拳銃の安全装置を外した。スライドを引き、装弾する。

「こうこなくっちゃあ」

弁慶は舌なめずりし、5・56ミリ自動小銃のスライドを引いた。

「ほんとだ」

ブルも嬉々として5・56ミリ自動小銃に弾倉を叩き込み、スライドを引く。

「ゾル、四人だけでは危険過ぎるわ」

加奈は9ミリ機関拳銃の弾倉を確かめながらいった。

「それでもやるしかない。警官隊や警察の特殊部隊では役に立たない。事態を悪化させるだけだ」

『ゾル、東アジア反帝統一抵抗戦線のデータが入った。最近創られた地下武装組織で、まだ実態は不明。イスラム過激派ISとも提携しているといわれ、自爆を恐れない戦士を養成している。アメリカCIAは、アルカイダなどにつぐ危険組織に認定している』

尾崎の報告を受け、俺は新たに命じた。

「尾崎、東アジア反帝統一抵抗戦線が声明を出すらしい。内容をチェックしろ」

『了解』

「ゾル、増援を待った方がいいのでは？」

心配そうにいう加奈を、俺は励ますようにいった。

「大丈夫だ。敵が声明を出している間が、突入のラストチャンスだ」

「どうして？」

俺は言葉につまった。フラッシュバックで見た光景を告げても、加奈には理解できないに違いない。

「前にも、同じようなことがあった。声明を出した後、警官隊が突入しようとし、人質もろとも全員が自爆した」

「まさか……」

「今回もそれとよく似ている。やつらは本気だ。交渉の余地はない。やつらは全員、自爆するつもりだ」

加奈は目を見開いたまま、黙り込んだ。

ソヌと開田と和泉の三人に向いた。

「おまえたちはヘリに残って援護に回れ。ソヌ、おまえが指揮を執れ。ヘリから電子妨害して、携帯電話を使えなくしろ。やつらの外部との通信を遮断しろ」

「了解」

ソヌは電子妨害電波発射器を叩きながら、うなずいた。

「開田。おまえはヘリから犯人を狙撃。直後に俺たちが突入する」

「了解、ゾル」

開田は、狙撃銃Ｍ40Ａ1スナイパーライフルに装着したテレスコープ（望遠照準器）を撫でた。

「和泉、おまえは作戦開始の合図とともに、グレネードランチャーで閃光弾、ガス弾を会議室に撃ち込め。その後は、無線で外から見える犯人たちの動きを俺たちに逐一《ちくいち》伝えろ」

「了解」

和泉は89式5・56ミリ小銃に付いたグレネードランチャーに閃光弾を装填し、顔を紅潮させた。

「用意はいいか？」

「準備完了です」

ヘリは屋上のヘリポートに降着陸した。

「ムーブ、ムーブ！」

俺は銃とザックを手に、真っ先にヘリから降りた。

続いて加奈、弁慶、ブルが降り、四方に散った。

ローターが頭上の空気を切り裂いている。全員がヘリポートの周囲の通路に転がり込んだ。

ヘリは機体を翻《ひるがえ》して、上空へ飛び去った。

「クリア」

「クリア」

四方から敵がいないことを知らせる合図があった。

ヘリポートから通路に駆け降りる。俺は左右に銃を向け、犯人たちがいないのを確かめた。

「クリア」

加奈、弁慶、ブルが駆け寄ってきた。

ヘリが大きく旋回し、高度を下げ始めた。

「ロープ！」

俺はロープを手摺《てす》りにしっかりと結びつけた。ロープに自動懸下器《けんかき》を着け、躯のベルトに引っ掛ける。

「スタンバイ」

加奈、弁慶、ブルも、ロープを手に親指を立てた。

俺はインカムのマイクを指差した。

「無線封止解除。チャンネル9使用」

「了解」

加奈たちは無線機のチャンネルを9に変更した。

「犯人たちは、できるだけ殺すな。生きたまま捕虜にする」

「無茶だぜ、捕虜にするなんて」

ブルが不満を口にした。

「命令よ。ブル、聞けないというの」

加奈が気色ばんだ。

「そうではない」

ブルは、俺を見ていった。

「いつも殺せといっていたじゃねえか。それを今回は……」

「だから、できるだけだ。後はいつもの通りだ。そうだよな、ゾル」

弁慶が確認するようにいった。

「そうだ」

俺はヘリに目をやると、無線で聞いた。

「ソヌ、犯人たちのネット会見は始まったか?」

「いま東アジア反帝統一抵抗戦線のスポークスマンが、ネットで声明を読み上げているところだ」

「よし。作戦開始！　ゴー！」

俺はマスクを被ると、ロープを握り、ビルの外壁に飛び出した。

両足で外壁に踏張る。加奈、弁慶、ブルの三人も、並んで外壁に出た。

全員がロープを手に、飛び降りる用意をした。

上空のヘリが高度を下げ始め、犯人たちに占拠されている役員室の窓へ近づいていく。

ヘリの高度が、最上階とほぼ同じレベルまで下がった。ホバリングを続ける。

開田がヘリから銃身を覗かせ、狙撃銃を発射した。

一発、二発、三発。最上階のガラスが割れる音が響いた。

「ゴー！」

俺は思い切り両足で外壁を蹴った。

ついでヘリから、グレネードランチャーの鈍い発射音が連続して響いた。

グレネードランチャーが次々に宙を飛び、役員室に飛び込んでいく。

俺は両足を揃え、割れた窓ガラスに足から突っ込んだ。同時に懸下器のフックを外し、床に伏せた。胸に下げた９ミリ機関拳銃を構える。

室内には閃光弾が猛然と白熱光を放ち、あたりを真っ白な世界に変えている。

続いて飛び込んだガス弾が、濛々《もうもう》と白煙を噴き上げた。

加奈、弁慶、ブルが、ほとんど同時に、室内に転がり込んだ。

いきなり銃声が起こり、ガスの中から銃弾が飛び出した。銃弾は残っていた窓ガラスを撃ち割り、椅子やテーブルにあたった。

犯人たちが片手で目や鼻を押さえながら、銃を乱射した。

人質たちから悲鳴が上がった。

弁慶とブルが、自動小銃を男たちに浴びせた。

二人が踊るような格好をして、壁に噴き飛ばされた。

「一人射殺！」

「俺も一人射殺した」

弁慶とブルが怒鳴った。

残りは三人。

『ゾル、人影が二つ、右の戸口に向かっている』

インカムを通して、和泉の声が聞こえた。

俺は腹ばいのままガスの煙幕の下を潜り、会議室の戸口に急いだ。

　加奈が後からついてくる。ガスが立ち込める中で、ドアを開ける人影が見えた。

「カナ、やつらは非常口とエレベーターの爆弾を起爆させるつもりだ。援護しろ」

「了解」

加奈が了解の合図をした。

俺は９ミリ機関拳銃を手に、戸口から飛び出た。

「手を上げろ！　警察だ！　抵抗を止めろ」

俺は叫んだ。マスクのせいで声が通らない。

男が振り向きざま、銃を撃った。銃弾が防弾チョッキを擦って飛んだ。

ほとんど同時に、背後から加奈の機関拳銃が乾いた音を立てた。

男が跳ねとばされ、壁にあたって倒れた。

最後の一人は、リーダーの女だった。女は腹部から血を流していた。やっと立っている様子だ。

女は携帯電話を手にしていた。通話ボタンに指をかけている。携帯電話を起爆装置に連結しているのだ。

俺はマスクをかなぐり捨てた。

「その起爆装置から手を離せ。無用な殺生《せっしょう》は止めろ」

俺は大声で怒鳴った。

女は携帯電話のボタンに指をかけたまま、じっと俺を見つめた。

女は黒髪を長く垂らした、あどけない表情をした娘だった。その瞳は俺を見つめたまま、驚愕した様子で固まっていた。

まるで俺のことを知っているかのように。

「……ゾル」

娘は微笑みながら呟いた。そして目を閉じ、携帯電話のボタンを押した。

「押すな！　止めろ！」

俺は怒鳴りながら、彼女に突進した。

一瞬早く、背後で加奈の機関拳銃が発射音を立てた。娘は携帯電話を放り出し、その躯が宙に舞った。

俺は落ちてくる娘の躯を抱き留め、一緒に床に転がった。

携帯電話は大理石の床に、音を立てて転がった。

加奈が駆け寄り、携帯電話を拾い上げた。

俺は娘を抱き起こした。

娘の胸や腹から、鮮血がポンプのように噴き出ていた。

「しっかりしろ。おまえは俺を知っているのか？」

俺は娘の躯を揺すった。娘はガラス玉のように透き通った瞳をしていた。

娘はかすかに唇を動かし、俺に微笑んだ。それから大きく息を吐いて、がっくりと首を垂れた。

躯から魂が抜けていくのを感じた。

なぜこの娘は、俺を見て親しげに笑ったのだ？

俺は呆然としながら、腕の中の娘を見つめていた。

「ゾル、大丈夫か？　怪我《けが》は？」

「ない。大丈夫だ」

俺は我に返り、娘を床に下ろした。

「この娘《こ》、我々が携帯電話を使えないように、電子ジャミングをかけたのを知らなかったのね」

加奈は手にした携帯電話の電源を切った。

俺は娘の首にかけられた金色のペンダントに気づき、食い入るように見入った。月に三つ星をあしらったペンダントだった。

どこかで見た覚えがある。だが、いったいどこで？

俺はまた頭痛を感じた。

会議室の戸口から、弁慶とブルが銃を構えながら廊下に走り出た。

俺は娘の首からペンダントの鎖を外し、ポケットに入れた。

「ここは制圧した」

加奈が報告した。

「ゾル、カナ、怪我は？」

弁慶がマスクを取った。加奈もマスクを脱いだ。

「怪我はなし。ここで敵二人を始末した。後もう一人いたはずだが？」

ブルがマスクを脱ぎながらいった。

「最初に開田が、窓越しに一人を狙撃し、倒している」

「では五人全員、処理したということだな。それで、人質は？」

「全員無事だ。数人怪我をしているが、命には別状なしだ」

会議室の出口から、ダブルスーツ姿の役員たちが互いに軀を支え合いながら、ぞろぞろと出てきた。

後から合流した客や社員たちも現われた。全員が激しく咳《せ》き込み、涙をぼろぼろとこぼしている。

「わ、わたしが社長の進藤だ。きみたち、ありがとう。助かった助かった」

白髪の進藤社長は、加奈や俺の前に跪《ひざまず》くようにして座り込んだ。

加奈が社長の軀を支えた。

「本部へ、至急に爆弾処理班と救急隊を寄越してほしい。怪我人が多数出ている」

加奈はインカムのマイクに話した。

弁慶とブルは、エレベーターの扉にセットしてある爆弾を慎重に外した。エレベーターが動きだし、上に昇ってくる。

俺は立ち上がると、本部との無線の回線を入れた。

『ゾル、いったい、何をやった？　すぐに事態を報告しろ』

インカムから板垣局長の怒鳴り声が聞こえた。

加奈が俺の代わりに応答した。

「局長、犯人グループを制圧し、人質全員を無事解放しました」

『警察が逸脱《いつだつ》行為だと、かんかんに怒っている。至急に撤収《てっしゅう》し、そこを警官隊に明け渡せ』

「了解。警官隊に現場を明け渡す」

加奈は俺に向かって肩をすくめた。

非常口の扉をどんどんと叩く音がした。

「警察だ！　ここを開けろ」

扉の向こう側から、警官隊の怒声が聞こえた。

「はいはい。ちょいと待ってくれよ。ちょっくら爆弾を外すからよ」

弁慶とブルは、ドアに接着してあるプラスティック爆弾の包みをゆっくりと外した。

ドアのロックを解除すると、一斉に警察の特殊部隊員が銃を手に駆け込んで来た。

銃を弁慶やブルに突きつける。

エレベーターの扉も開き、そこからも特殊部隊員が廊下に走り込んだ。
特殊部隊員は殺気立っており、加奈や俺に銃を向けていった。
「手を上げろ！　抵抗するな。武器を置け」
指揮官が怒鳴った。
俺は大人しく機関拳銃を床に置いて両手を上げた。
加奈たちもゆっくりと武器を置き、両手を上げた。

# 第５章　宿敵カタリ

## 1

今回の人質救出事件で学んだことは、革命警察軍といえどもやはりお役所、つまり官僚《かんりょう》組織の一つなのだ、ということだった。

お役所の最大の特徴は縄張り、つまりセクショナリズムである。

お役人感覚では、自分の縄張りを侵す者は最大の敵だ。それは身内であっても、同じことがいえる。

警察が仕切っていた人質事件を、我々スダックが先に現場に乗り込み、犯人グループを全員射殺したというので、警察首脳はかんかんに怒ってしまった。

革命警察軍の越権行為だというわけだが、我々の上司である革命警察軍首脳はどうかといえば、彼らもまた我々に怒りの矛先《ほこさき》を向けてきた。

これまでお互いの縄張りを尊重し合っていたのに、下っぱの我々特攻機動隊スダックが本部の許可なく、余計な越権行為をしてくれた、ということだ。

人質事件の解明をそっちのけにして、俺も加奈も、そして弁慶、ブルたち全員が内部監査にかけられ、命令違反ではないかと、何時間も絞り上げられた。

その間、板垣局長や日野中佐が、緊急避難的に行なった止むを得ざる作戦だったと、必死に上部を説《と》き伏せてくれたことが功を奏《そう》したらしい。

決定的だったのは、人質になっていた五洋電機の進藤守社長が河井総理に働きかけ、救出作戦を行なった我々を褒《ほ》めたたえ、英雄功労勲章の授与の手配をしてくれたことだ。

革命警察軍の最高司令官である河井総理が、英雄功労勲章を我々に授与しようというのに、その我々が、同じ事件で命令違反を問われて懲罰《ちょうばつ》を受けるのはいかにもおかしい。

そこで上司たちが決めた処分は、内々に停職一週間と、三ヵ月間月給を十分の一にカットするというものだった。

ただし、責任者として、俺は「二度と命令に違反するような逸脱《いつだつ》行為、越権行為はいたしません」という始末書と誓約書を書かされ、革命警察軍司令官に提出して、ようやく釈放された。

五洋電機人質自爆未遂《みすい》事件と呼ばれるようになった肝心の事件の詳細について、説明しておかねばなるまい。

我々が五洋電機ビルの会議室へ突入したのは、犯人グループである「東アジア反帝統一抵抗戦線」の代表を名乗る人物が、インターネットを通して、声明を流している最中だった。

「東アジア反帝統一抵抗戦線」の声明は、我々が会議室へ突入するとほぼ同時に中断され、代表が「人質もろとも爆破しろ！」と絶叫する場面で終わった。

そのため、声明文のすべての内容は分からず、彼らの主張や要求も不明になった。わずかに残ったのは、声明の前半と思われる、日本、アメリカ、高麗、中国、ロシアの五ヵ国における、過去の帝国主義的犯罪を糾弾《きゅうだん》する部分だけだった。

マスコミのテレビや新聞はもちろん、ネットの個人ブログに至るまで、我々が行なった強襲作戦に対する非難や批判の大合唱で炎上した。

なぜ「東アジア反帝統一抵抗戦線」の声明をすべて聞かないうちに突入したのか、と監察官から何度も責められたが、俺は彼らの主張を聞いてどうするのか、と逆に反論した。

彼らの主張や要求を聞き出し、今後の捜査の手掛かりにできると監察官はいったが、俺は危機管理についての認識が甘すぎると、逆に怒鳴り返した。

相手の主張や要求を聞いていたら、敵は増長するだけで、事態はますますややこしくなるに決まっている。

犯人たちは死を決意して、五洋電機株式会社に突入し、社長以下の重役たちや一般人三十人を人質に取り、最上階に立て籠《こ》もって爆弾をセットした。

それだけで、彼らの出す要求が容易ならざるものであることが分かる。

政府は、犯人たちから絶対に応じられない要求を突きつけられる。

要求を呑まなければ、テレビがライブを中継する中、犯人たちの一大自爆ショーが展開されるだろう。

たとえ政府の決断が正しかったとしても、民衆は理解せず、感情的に政府を非難する側に回ることは間違いない。

人質が大勢死ねば、政府は無策を非難され、内閣総辞職は避けられない。治安当局の長《おさ》たちの首も飛ぶことになる。

テレビでは毎日、人道的な対処の方法があったのではないか、としたり顔のコメンテイターの言説が垂れ流される。

仮に政府が要求に少しでも応じれば、テロリストに弱腰だと国際的な批判を浴びるだろう。

併せて、日本政府は脅しに弱いという実例になり、今後も同様な人質事件は繰り返される。

政府が要求に応じるつもりもないのに、突入の準備をするために時間稼ぎを行ない、優柔不断な態度を取れば、人質の命が危うくなる。

　さらに、準備が整ってから突入しようとしても、相手は覚悟ができているだけあって容易ではなく、攻撃する隊員と人質多数を死に追いやることになる。

　犯人たちの声明や要求は、聞いて百害はあっても一利なしなのだ。要は犯人たちが声明や要求を出している最中が、突入のラスト・チャンスなのである。

　犯人たちは、政府当局も警察も、一応自分たちの声明や要求は聞こうとするだろう。その間はまさか、突入部隊を動かさないだろうと考え、油断するのだ。

　そのラスト・チャンスを逃したら、もはや犯人たちに主導権を握られて、事態解決を行なうことはむずかしくなる。

　犯人たちが、まだ準備が完全にできていない最中に突入し、制圧する。最少の犠牲で、最大最良の結果を得る。

　結局、そうした俺の主張に、取り調べにあたった監察官も黙らざるを得なくなり、尋問は終わった。

　犯人グループの「東アジア反帝統一抵抗戦線」に話を戻せば、彼らが使おうとしていた特殊プラスティック爆弾4Cは、TNT火薬百キログラムを超える威力の量で、万が一爆発していたら、最上階を噴き飛ばしただけでなく、ビル全体に影響を与えていただろう。

爆発で飛び散ったビルの破片で、ビルの周辺を飛行していたテレビ局や警察のヘリも墜落していたに違いない。

さらに周辺の高層ビルも、窓ガラスを割られるなど、甚大《じんだい》な被害が出ていたはずだ。

人質たちの話では、犯人たちは非常に無口で落ち着いており、態度も丁寧で冷静だったという。

それがかえって不気味で、何を考えているのか分からず怖かったというのだ。

リーダーは若い娘だったが、彼女はほとんど口をきかなかった。

それなのにほかの四人の男たちは、まるで彼女の手足のように、てきぱきと動いていたという。

彼らの使用していた武器は、中国製突撃銃ＡＫ74五挺、対戦車ロケット弾ＲＰＧ三基、高麗製手投げ弾十個、ロシア製自動拳銃マカロフ三挺などだった。

彼らは全員、兵士のように銃器の扱いに慣れており、警備員に対してもまったく警告なしに容赦《ようしゃ》なく銃撃していたところから見て、実戦経験を積んでいたと見られる。

我々の乗るブラックホークを見た犯人たちが少しも騒がず、ＲＰＧを取り出し、発射していたのが、その証拠だ。

彼らは役員たち人質を一ヵ所に集めると、携帯電話やＩＤ身分証などを没収した。

そして、すぐに入り口のドアや人質たちの周囲にプラスティック爆弾を据えつけ、起爆装置として携帯電話を縛りつけていた。

さらに、秘書にパソコンを用意させ、ネットに繋がせた。

そして、ネット記者会見で「東アジア反帝統一抵抗戦線」の「代表」が発表する声明を、人質にも聞かせようとしたという。彼らもネット会見を、食い入るように眺めていたらしい。

その一瞬の隙に、窓際にいた一人が狙撃されて倒れ、同時に我々が窓ガラスを割って飛び込んで来たのを見て、彼らは初めて慌てた様子だったという。

閃光弾やガス弾が破裂し、あたりがまったく見えなくなった。

犯人たちはセットした爆弾を破裂させようとしたが、起爆装置は作動しなかった。

そのため、彼らは手探りで起爆装置の携帯電話に直接触れて爆発させようとしたが、その前に我々に撃ち殺された。

このあたりの話は、概《おおむ》ね予想した通りだった。

現場に残された犯人五人の遺体には、身元を示す遺留品《いりゅうひん》、ＩＤカードや手帳、バッグ、ライター、筆記道具が多数あったので、いずれ、何者だったのかはっきりするに違いない。

彼らが生還を考えずに作戦を行なっていると思ったのは、五人全員が覆面もせずに、素顔で犯行に及んでいたからだった。

もし、作戦終了後、生きて逃亡しようと考えているのであれば、普通、犯人たちは覆面をして身元を隠そうとする。

それなのに素顔を晒《さら》し、身元が分かっても構わない――むしろ身元が分かることで、何かを人々に知らせようとするのは、自分たちは正義であり、間違ったことをしていないという確信犯だからだ。

宗教的であれ、信念であれ、確信犯ほど厄介《やっかい》なものはない。

聖戦を唱えて自爆するイスラム戦士も、決して覆面をしようとしない。

彼らも同じように、たとえ他人を巻き添えにして殺しても、自分は宗教的に正しいことを行なっているのだという考え方を持った確信犯だ。

殉教《じゅんきょう》によって天国へ行けると思っている者を、止めるのは容易なことではない。

## 2

「それにしても、突入した時、ゾルが発した言葉には驚いたわ」

加奈がコーヒーを啜りながらいった。

俺は物思いに耽《ふけ》っていたが、すぐに我に返った。

「ああ、俺もびっくりしたね。思わず、ゾルの顔を見ちまった」

弁慶が笑いながら応じた。

「ゾルが、何かいったのか？　俺は撃つのに夢中だったので、分からなかった」

ブルはオレンジジュースをストローで啜りながらいった。

ソヌがノートパソコンのディスプレイを見ながら、口を開いた。

「俺も覚えている。インカムから聞こえた。『手を上げろ。警察だ！　抵抗を止めろ』。

俺は何かの冗談かと思った」

俺は訝った。確かに、そんなことをいったような気もする。

「しかし、なぜそれが冗談なのだ？」

俺は不思議そうな顔をして、ソヌに訊ねた。

「どうしてって、以前のゾルは、そんなことは一言もいわなかった」

ソヌは奇妙なものを見るかのように、俺に目を向けた。

「では、突入した時、以前の俺は何といっていたのだ？」

「何かいう暇《ひま》があったら、ゼロコンマ一秒でも早く、相手を倒せ」

ブルが即答した。

「敵に警告は出すな。反撃のチャンスを与えるな、っていっていたな」

弁慶はにやっと笑い、菓子パンを引き千切って頬張《ほおば》った。

加奈がカップをソーサーに置き、付け加えるようにいった。

「スダックは普通の警察とは違う。特攻機動隊ＳＤＡＫのＡはアレスト（逮捕）ではないし、Ｋはキープ（身柄確保）でもない。アサルト（攻撃）のＡであり、キル（殺せ）のＫだと、ゾルはいつもわたしたちにいっていた。犯人を逮捕するのではなく、犯人を殺していいから制圧しろと、いつもそういう訓練をしていた。だから、ゾルが突然あんなことをいったので、みんなびっくりしたのよ」

「そうか……」

俺は頭が混乱した。俺が昔、受けていた訓練の最終目的は、できるだけ犯人を生かしたまま逮捕することだった。

逮捕して容疑者を法廷に送り込み、法の裁きを受けさせる。

まずは身柄の確保、逮捕優先。警視庁のＳＡＴは、特殊な凶悪犯制圧部隊ではあったものの、裁判にかけずに容疑者を処刑する部隊ではない。

俺は法と秩序を守る警察官だったのではないのか？

加奈が俺の自問を見透かしたようにいった。

「ゾル、あなたは、なぜあの時、警察だって叫んだの？」

「無意識だった。そういえば、相手がひるむだろうと思ったのだ」

「警察だといってひるむ敵だったら、俺たちはいらねえや。なあ、ブル」

「まったくだ。ゾルは変わったな。大丈夫かね、おつむの方は」

弁慶とブルが、互いに手を叩いて哄笑《こうしょう》した。

「弁慶、ブル。二人とも口を慎《つつし》みなさい。あんたたちは、以前、ゾルにどれほど助けられたと思っているの？　いまのゾルは確かにどこか変だけど、今日の働きを見たでしょ。指揮官としては、パーフェクトだった。みんな安心して、ゾルの指揮に従っていたじゃないの」

「はいはい、確かにおっしゃる通りです。大尉殿」

弁慶は肩をすくめた。ブルも頭を振りながら下を向いた。

加奈は俺に向き直った。

「ゾル、いまのあなたは警察官ではない。あなたは革命警察軍の兵士《ソルジャー》。それも最前線で、敵と戦う特殊部隊の指揮官なのだから、そのことは忘れないで。でないと、あなたの一瞬の判断ミスが、我々部隊全員の命取りになりかねないのだから」

「俺は警察官ではない、というのか」

「警察官だったのは、昔のこと。いまのあなたは兵士。警察官ではない。兵士の任務は、上から命令が出たら、それがどんな理不尽な内容でも躊躇《ちゅうちょ》なく実行すること。それが兵士よ」

俺は加奈の言葉を反芻《はんすう》した。

警察官だったのは、昔のことなのか。

いつ警官を辞め、革命警察軍の兵士に鞍替《くらが》えしたのか、まったく覚えていない。それなのに、あのような事態に身を置くと、本能的に敵を分析し、無意識のうちに躯が動いて、敵を倒す。

自分が自分でないような気がする。自分の中に、もう一人別の自分がいて、そいつが時折顔を出す。そんな気分だった。

「お待たせしました。今回の事件に関して、本部からの全データが届きました」

奥の通信指令室から尾崎が現れた。一緒に和泉も部屋に入ってきた。

「おうおう、お待ちかねだったぜ」

弁慶は菓子パンの紙袋をくしゃくしゃと丸め、足元のくず籠に放り込んだ。

「本部が全データを出してくるなんて珍しい。これまでは、いつも情報を小出しにしていたのにな」

ソヌはにやっと笑った。

加奈は尾崎にいった。

「さっそくだけど、東アジア反帝統一抵抗戦線の代表がネット会見をしている映像を出して」

「了解。ちょっとしか映っていませんけど、結構、参考になりますよ」

尾崎はキイボードでデータを呼び出した。

ハイビジョン・ディスプレイに、壁を背にした人物が一人、映し出された。緑色の迷彩《めいさい》戦闘服を着込んでいる。のっぺりした顔の男を被っていた。

表情のない男は机に広げた声明文を両手で掲げ、淡々と読み出した。

「われわれ東アジア反帝統一抵抗戦線は、本日、わが祖国を裏切り、分裂国家に導いた反動企業、五洋グループの一つを襲撃し、社長をはじめとする重役を人質に取った。これは次に展開される重大作戦の序章である。

次なる作戦も、わが祖国を分裂支配し、わが日本の領土を植民地化している高麗、中国、ロシア、アメリカ四ヵ国と、そうした現実を見ながら、祖国の領土を奪還しようとしない日本政府に対し、厳しい鉄槌《てっつい》を打ち下ろすものになるだろうことを宣告しておく。

我々は要求する。高麗、中国よ、直ちに西日本の領土をすべて日本に返還し、日本から出ていけ。ロシアよ、北海道を返還し、直ちに出ていけ。アメリカよ、なぜ、日本を日本人を苦しめる？　九州、沖縄を日本へ返還し、日本の民主化に協力しろ。

日本政府よ、おまえたちは最大の裏切り者だ。なぜ、わが日本を侵略した高麗や中国、ロシア、アメリカと戦わないのか？　戦って祖国統一を図《はか》ることもせず、日本人民を苦難の道に追いやっているのは、貴様たちだ。

今回の人質作戦の結末の責任は、すべて、貴様たちの無策による……」

突然、声が途切れた。同時に、女の声が横合いから声明文を読む男に飛んだ。

「爆破！　直ちに人質もろとも爆破！」

代表の男は初めて表情を変えた。一瞬、カメラの前で激しく手を振る女の姿が映った。そして、映像は砂嵐に変わった。

「この時、我々スダックが突入していたのだな」

弁慶が顎を撫でた。

俺は尾崎に向かっていった。

「東アジア反帝統一抵抗戦線について、データを出してくれ」

「はい」

尾崎がキイを叩くと、ディスプレイに簡単な記述が顕れた。

『……1988年ごろ、旧祖国統一戦線から不満分子が分派した、過激派テロ組織「反帝統一抵抗戦線」を前身としている。一時、マルクス・レーニン主義を掲げていたが、1995年ごろ、内部抗争があり分裂。現在は、マルクス・レーニン主義を信奉する組織ではない。その内部抗争後、分裂した一派が、宗教教団「真理」の教義を取り入れ、理論武装するとともに「東アジア反帝統一抵抗戦線」を名乗るようになった。

同戦線議長、代表の正体は不明。構成員は推定三千人程度、シンパは全国に二千人程度と見られる。「東アジア反帝統一抵抗戦線」は、超過激派集団カタリとも連携している。あるいは、１９９５年結成したと見られる、カタリの表組織である可能性も高い。この件については、現在調査中。……』

「カタリ？　何なのだ？」

「ハングルで十字軍のこと」

「十字軍？」

俺は溜め息をついた。

「これでは、何も分からないな。カタリについては、どんなデータがある？」

尾崎はにっと笑い、キイを叩いた。

「もっとひどいですよ」

ディスプレイに、二行の記述が顕れた。

『カタリについての情報開示請求は不可。カタリは極秘事項のため、閲覧する場合は革命警察軍本部情報部長の許可を必要とする』

「本当だ、これはいったい、どうなっているのだ？」

俺の問いかけに、加奈は苦々しくいった。

「本当のことを知られたくないからよ。カタリを調べると、過去の日本政府の悪業が分かってしまうからよ」

「日本政府の悪業って?」

「カタリは、日本政府がいろいろと行なってきた高麗や中国、ロシア、アメリカとの密約をばらしたらしい。それで、日本政府はやっきになってカタリ潰しをしているという噂だ」

俺は訝りながら訊ねた。

「カナ、きみは革命警察軍本部にあるカタリの情報を調べたのだろう?」

「調べようとは思ったけど、止めた」

「どうして?」

「これまでカタリのことを調べた人物は、ろくな目に遭《あ》っていない。それを理由に、止めさせられた」

「誰に?」

「板垣局長と、ゾル、あなたに」

「何だって! 俺が止めたというのかい?」

「ええ」

加奈はうなずいた。

「そう。ゾルは必死にカナを止めていた。自分が調べてみるからって」

弁慶が脇から口を挟んだ。

俺は首をひねった。

「情報部長の許可を得れば、誰でもカタリの情報を見ることができるのだろう？」

「ええ。誰でも見ることができる。でも、それからが大変。情報開示請求をすると、自動的にその人物には、秘密警察のマークがつく。そして、秘密警察官が徹底的に身辺を調べに来る」

「秘密警察だって？　そんな警察があるのかい？」

「ええ？　それも覚えていないのね。内務大臣直轄《ちょっかつ》の防諜《ぼうちょう》警察ＣＩＰ（カウンター・インテリジェンス・ポリス）は、国家安全法に基づいて創られた警察で、規模は小さいけど絶大な権限を持ち、莫大な国家資金を得て活動している」

「そんなの平気じゃないか。別に悪いことをしているわけでもない」

「ゾル、あなたはそういって情報を請求した。そうしたら、案の定、あなたの周辺に奇妙なことが頻発《ひんぱつ》した。板垣局長もあなたに、ＣＩＰが調べているから用心しろ、と注意をしていた。カタリを調べること自体が、国家安全法に触れるらしいの」

「おかしな話だな。なぜ、国家安全法とやらに引っ掛かるのだ？」

「国家秘密法違反や利敵行為、反国家スパイ罪など、その理由はさまざま。ＣＩＰは、たとえ容疑者が政府要人であれ、裁判官、治安担当する警察官僚であれ、自衛軍人、革命警察軍の兵士であれ、一定期間、逮捕拘留《たいほこうりゅう》して取り調べる権限を持っている。

独自に軍事裁判にかけることができるし、裁判なしに処刑する権限も持っている。噂では、事件や罪をでっちあげてでも相手を捕らえ、拷問《ごうもん》にかけて抹殺《まっさつ》しかねない闇の警察なの」

弁慶は溜め息をつきながら、頭を振った。

「まったく秘密警察はひでえ。俺もやつらにあらぬ嫌疑をかけられ、危うく捕まりかけた。そこへゾルが乗り込んで、助けてくれたんだ。こいつもそうだったが……」

弁慶はソヌに顎をしゃくった。

ソヌも俺を見て、にやっと笑った。

「特に脱北者は、スパイと疑われる。俺も叩かれれば、埃《ほこり》が出る身だ。ゾルが身元を保証してくれなかったら、高麗へ送り返されるか、刑務所に放り込まれていただろう」

「そんな不法行為が許されるのか。国民はよくみんな黙っているな。秘密警察なんか廃止すればいいい」

俺は憤りを込めていった。

弁慶は肩をすくめて応じた。

「戦争をやっているんだからな。敵に負けないためには、多少の不法は仕方がないとみんなは思っているのさ。それをいいことに、秘密警察はやりたい放題だ」

ブルがジュースを飲み終わり、手で口元を拭《ぬぐ》いながらいった。

「ゾル、あなたは覚えていないかもしれないが、秘密警察は革命警察軍を目の敵《かたき》にしている」

「なぜ？」

「お互い、職掌《しょくしょう》がよく似ているからだろう。自分の縄張りを荒らされることを嫌うお役所特有の対立だ。まず、上同士が対立している。内務省と統一庁は犬猿の仲だ。だから下部組織の防諜警察ＣＩＰと革命警察軍は、敵以上にいがみ合っている。互いに自分たちの優位さを誇るために競い合っているんだ」

「くだらん対立だな」

「だが、それが現実なんだ。しかも、対立はそれだけでは終わらない。もう一つ、うるさい公安機関があるんだ。覚えていないかい？」

「まだあるというのか」

　俺はうんざりする思いでいった。

「検察庁の公安検察局ＪＢＩ、通称公安局だ。アメリカのＦＢＩを真似《まね》して創った独立捜査機関で、秘密警察や公安警察、革命警察軍と張り合っている」

　ソヌが皮肉るようにいった。

「普通の警察の公安が、ある容疑者を証拠不十分で釈放したとする。そいつを今度は公安検察局が捕まえる。だが、そこでも証拠不十分で放免《ほうめん》になると、今度は、ではうちがというので、革命警察軍が乗り出す。うちでも証拠は上がらなかったといって釈放したら、外では秘密警察ＣＩＰが待っていて身柄拘束《こうそく》だ。そうやって、たらい回しされ、尋問につぐ尋問を受け、そのうち容疑者は身も心もぼろぼろになって、社会へほっぽりだされるんだ」

「それはひどい話だな。人権無視も甚《はなは》だしい。よく世論が許しているな」

「世論？　世論がもっとやれと騒いでいるんだぜ」

「それも戦争中だから、みんな止むを得ないと思っている。国民は半ば慣らされ、半ば諦めている」

　加奈はそういうと、さらに言葉を続けた。

「ともあれ、ゾル、あなたはカタリを調べた後、やはり公安検察局とＣＩＰの両方に目をつけられた。カタリについて分かったことがあるとはいっていたけど、保秘義務があるとかで、我々にも話さなかった。しかるべき時がきたら、我々に真っ先に話すとはいっていたけど……。その数ヵ月後、あなたは爆弾事件に巻き込まれ、記憶を喪失してしまった」

「なるほど、そうだったのか。爆弾事件に遭《あ》う前、俺はカタリについて、何かを掴んでいたというんだな」

「知っていたはずよ」

加奈はうなずくと、俺を見て訊ねた。

「カタリについて、何か覚えていることはない？」

「うーむ」

俺は考えたが、まったく思い浮かばなかった。何も覚えていないことだけは確かだった。

俺は溜め息混じりにいった。

「もう一度、俺がカタリの情報に関して、公開要請を出してみるか」

加奈は頭を左右に振った。

「もうゾルにはやらせたくない。必要な時には、私がやる」

「おいおい、わざわざ災いを招くことはないだろう。ゾルがまだしっかりしていないのに、カナまでやられたら、目もあてられないぜ。それなら、俺かブルがやるよ」

弁慶が胸を叩いた。まるでゴリラだ、と俺は苦笑した。

ブルは激しく頭を左右に振った。

「俺は嫌だぜ。そんなことに巻き込まないでくれ。こう見えても俺は気が小さくて臆《おく》病《びょう》なんだよ」

俺は尾崎に目を向けた。尾崎は我々が話している間にも、データの検索を続けていた。

「まあ、いい。カタリについてはまた後で調べるとしよう。いまは、事件について、改めておさらいをしておきたい」

その時、携帯電話の着信音が鳴った。和泉が携帯電話を取り、二、三言葉を交わしていった。

「少佐、局長からテレビ電話が入っています」

「繋いでくれ」

ディスプレイに、板垣局長の白髪頭が映った。

『おう、みんな顔を揃えているな。ちょうどいい。諸君にも話しておきたいことがある』

板垣局長は、両手を机の上で組んだ。

『今回の事件では、ゾルをはじめ、みんな本当によくやってくれた。はじめは園田長官もかんかんに怒っていたが、結果オーライで、大いに満足されている。人質に大勢の死者が出ていたら事態は変わっただろうが、最小限の犠牲者だけですんだと胸を撫でおろしているところだ。河井総理、与党の佐々木《ささき》幹事長も、きみたちの活躍を大いに讃《たた》えておられる。私も局長として、鼻が高い。日野中佐も喜んでいる。本当にご苦労だった』

「ありがとうございます」

『とりわけ、ゾル、きみの復活は喜ばしい。わが革命警察軍スダック隊の存続は、きみの回復、復帰にかかっていたのだから、山本大尉たちもほっとしたことだろう』

　加奈が身を起こして応えた。

「はい。ほっとしています。ゾルは指揮官としても、パーフェクトな恢復状態です。我々も安心してついていくことができました」

『しかし、ゾル、今度はわしの許可なしでは、あのような作戦を強行してはならない。いかなる理由があっても、二度はだめだ。今回は例外中の例外だ。今度、無断で同じようなことをやったら、わしもきみたちも全員、重大な命令違反容疑で軍法会議にかけられる。そうなったら、スダックの解散は免れない。わしは、そう園田長官から強くいわれた。いいかね。わしはきみたちと一蓮托生《いちれんたくしょう》だ。死ぬも生きるも、一緒のつもりだ』

「分かりました。今回はご迷惑をおかけしました。申し訳ありませんでした。お詫《わ》びいたします。今後は二度と独断専行しないよう気をつけます」

　俺は電話の前で頭を下げた。慌てて加奈たちも一緒に、頭を下げた。

『減給処分は可哀相《かわいそう》だが、我慢してほしい。本日から一週間の停職処分は、臨時の休養だと思って楽しんでくれ』

「はい」

『停職期間中は、オフィスへの出入りは不可だ。オフィスの使用もできん。この電話が終わったら、すみやかにそこを出て、自宅へ引き揚げることだ。間もなく、そちらに保安部員が行き、諸君の停職を確認し、オフィスの管理を行なうことになる。交替にあたっては、保安部員の指示に素直に従うこと』

板垣局長の言葉が終わらぬうちにドアが開き、灰色の制服姿の保安部員たちが数人入ってくるのが見えた。全員がものものしく銃器を携帯している。

「分かりました。いま保安部員が到着しました」

『なお、停職処分中とはいえ、諸君はスダック隊員であることを忘れないこと。緊急事態の場合は、即、職場に復帰してもらう。あるいは敵に襲われるなど、諸君の誰かが窮地に陥った時は、至急にわしに連絡を取るか、保安部員の救援を要請してほしい。以上だ』

「分かりました」

『蛇足《だそく》だが、停職処分中は自宅謹慎《きんしん》し、夜の飲み屋街などをふらつくようなことがないように。そうした違反行為があった場合、保安施設に強制収容することになっているので注意すること。念のため、保安部員が常時身辺をチェックしている』

「はい、はい。分かりました」

俺は従順に答えた。電話が終わると、弁慶とブルが溜め息を洩らした。

「ほんとに蛇足なんだよな」

「板垣局長は細かすぎる。何でも先回りしていってくる」

その時、保安部員たちが、どやどやと会議室になだれ込んできた。

女性の保安大尉が、俺に挙手の敬礼をしていった。

「ただいまから、少佐殿以下七名のスダック隊員につき、停職処分の執行《しっこう》を行ないます。直ちにオフィスから退去をお願いいたします。お気の毒ですが、これがわたしたちの職務でして。ご協力をお願いします」

女性の保安大尉は、すまなそうな顔つきをした。

俺はうなずいていった。

「隊員たちに、一言だけいわせてくれ」

「はい、短ければ、結構です」

「ありがとう」

俺はみんなを見回して口を開いた。

「というわけで、このデータ分析会議の続きは、一週間後に行なうこととする。各自は自宅でデータを検索し、分析を重ねておくこと。以上だ。解散」

俺はみんなにそういうと、挨拶を終えた。

「やれやれ、一週間のお休みかい。軀がなまりそうだな」

弁慶は大きく伸びをした。ブルも腕をぐるぐると回し、近くにいた保安部員たちを脅かした。

「ゾル、これから、どうします？」

加奈が書類を片づけながらいった。

「俺か？　俺は帰って休むことにする。また少し頭が痛んできた」

「わたしにできることがあったら、何でもいってください」

「ありがとう。その時には頼む」

俺は加奈と一緒に会議室を出た。

ぞろぞろと保安部員たちがついてきて、俺たち全員が廊下へ出るのを確認してから扉を閉めた。

## 3

部屋はエアコンがほどよく効いて暖かかった。

時刻は午後に入ったばかりで、太陽の陽射しが部屋の奥にまで入ってくる。エアコンなしでも、十分過ぎるほど暖かい。

俺はしばらくベッドに横たわり、ぼんやりと考えていた。目を瞑《つむ》ると、さまざまな想念が押し寄せてくる。

あの時、なぜフラッシュバックが起こり、夢と現実とも分からぬ思念が閃《ひらめ》いたというのか。しかも、あのフラッシュバックは、次に起こることを幻視させるものだった。もし、あの幻視した数秒後の未来を理解して、回避する行為を取っていなかったら、いまの自分はここにいない。

予知能力？

いったい、自分に何が起こっているのか？

あれが予知能力でなかったら、どこかで似たような事態に遭遇し、そのデジャブ（既視感）を元にして、反射的に軀《からだ》が動いたということなのだろうか？

ふと脈絡なく、表情もなく声明文を読み上げる東アジア反帝統一抵抗戦線の代表が目に浮かんだ。

緑色の迷彩戦闘服姿は、軀になじんでいなかった。

音声は周波数を変えてあるが、周波数変換器を使えば、容易に生身の声に戻すことができるはずだ。

犯人グループのリーダーだった若い娘の姿が頭を過《よぎ》った。

血潮が噴き出る腹の傷を押さえながら、娘は俺を見て、携帯電話のボタンを押すのを躊躇《ためら》った。

娘の両目は大きく見開かれ、俺をじっと見つめた。

そして、唇が「ゾル」と動いたように見えた。

はっきりと娘の声を聞いたわけではない。

あの銃声と悲鳴が飛び交う喧騒《けんそう》の中では、声を聞き取るのは至難の技だ。だから、錯覚か幻聴だったのかもしれない。

だが、確かに彼女は、俺のことを知っていた。死に逝《ゆ》く者が嘘をつくはずがない。

彼女は俺の腕の中に抱かれた時、最期に安堵の吐息を洩らし、幸せそうな顔をした。

なぜ、あの娘は穏やかに微笑んで死んでいったというのか？

あぜ、あの娘は敵である俺を知っていたというのだ？

俺はベッドから飛び起きた。

机の引き出しを開けると、中からあの女が首につけていた金の鎖のペンダントを摑《つま》み上げた。

銀の三日月と、金の三つ星が並んだ飾りだった。もしかして、横一列に並べられた三つ星は、オリオン座の三つ星かもしれない。

そうだ、そうに違いない。

俺は部屋に斜めに入ってくる陽光に、ペンダントをかざした。陽光を浴びたペンダントはきらきらと輝きながら、あたりに光の破片をばらまいていた。

あの娘の身元は、分かっているはずだ。

パソコンに向かい、電源を入れ、立ち上げた。かすかにコンピューターが作動する唸《うな》りが聞こえる。

ディスプレイに顕れるアイコンを睨み、マウスを動かし、クリックしてはキイを叩く。

頭の中で、彼女の顔が浮かんでは消えた。もしかして、俺が知っている娘なのかもしれない。

だが、いまの自分は、失われた記憶を取り戻せない状態にある。果たして名前や身元が分かったからといって、思い出すことができるだろうか。

スダックのオフィスのマザーコンピューターに繋がった。ＩＤナンバーを打ち込み、暗証番号とコード名を入力する。

「アクセス拒否」の表示が出た。

もう一度、同じ手続きをくりかえし、エンターキイを押す。

またも「アクセス拒否」だった。

なんてこった！

コンピューターまで、我々が停職処分になっているのを知っているということか。

要するに、自宅でおとなしくしていろ、ということなのだろう。

十階の窓からは、東京湾の海原が見える。コンテナ貨物船の白い巨体が、ゆっくりと東京湾の出口に向かっていた。

パイロット船が貨物船に付き添っている。上空を大型旅客機が、ゆるゆると降下してくるのが見えた。

俺は気を取り直して、電話機の受話器を取り上げた。

短縮ボタンで登録されている相手をチェックする。

2番に山本加奈の名前があった。短縮ボタンを押して、受話器を耳にあてた。

何度かの呼び出し音の後、ようやく加奈が出た。

『……』水音が聞えた。

「掛けるタイミングが悪かったかな？　後で掛け直そうか？」

『いえ、大丈夫。ちょうどシャワーを浴びていたところだった。何かあったの？』

「事件の犯人グループを思い出していた。五人の身元は、もう割れているはずだね」

『ええ。調べましょうか？』

「アジトのコンピューターにアクセスして、本部から入っているデータを開こうとしたら、拒否されてしまった」

『そんな馬鹿な。ちょっと待って、わたしがアクセスしてみる』

「頼む」

俺は机の引き出しを開け、手にしていたペンダントを中に戻した。

引き出しの中には、ボールペンや万年筆など筆記道具やら修正液、ナイフ、名刺、ライター、カード類がきちんと整頓《せいとん》されて入れてあった。

見覚えがあるような、ないような物ばかりだった。その中から、一冊の手帳を取り出した。

赤い皮革の表紙の手帳だった。俺の手帳ではない。

女ものの手帳だろうか。しかも、去年の手帳だった。

裏表紙を開いた。期待していた女性の名前や住所は書いてない。

誰の手帳なのか。あるいは、洗面台にあったピンクの歯ブラシの女性のものか。

『ゾル、わたしも駄目《だめ》。アクセスを拒否されている。ふざけた話だわ』

「停職中は拒否されるのか」

『何とか方法を考える。五人の身元を調べればいいのね』

「うむ。特にあのリーダーだった娘が、何者だったのか調べてほしい」

『了解。ほかには？』

俺は話しながら、手帳のページを開いた。ダイアリー式のページだった。いくつかのページに、ボールペンで書き込みがしてあった。

国会図書館史料室。本の分類番号、書籍ナンバーなどの数字が書いてある。

俺は受話器を耳と顎に挟みながらいった。

「ない。とりあえず、それだけだ」

『どうして突然、その女の身元が知りたくなったの？』

ふと電話の奥で、ノイズがすることに気づいた。

「この電話、大丈夫かな。誰かに盗聴されていないか？」

『そうね。詳しい話は止めましょう。じゃあ、身元が分かったらそちらへ行く？　それとも、どこか外で会う？』

俺は手帳のページをめくった。ほかのページにも、国会図書館の記述が何度も出てくる。

その後に、レストランの名前らしい店名やバーの名前も記してあった。手帳の後半のページには、何も書いていなかった。

俺はこの手帳の持ち主と、国会図書館の史料室で会っていたということなのか。

「自宅でくすぶっているよりも、どこかで夕食でも一緒にしないか？　局長がいうように、のんびり休養を取ろうじゃないか」

『いいわね。分かった、そうしましょう。では、どこで？』

「美味《うま》くて、雰囲気がいいレストランを知っているか？」

『分かった。予約しておく。ゾルが気に入って、よく行っていた店がある。六本木にあるロシア料理店バラライカ』

　バラライカという店は、聞き覚えのある名前だった。かすかに記憶がある。

『思い出した？』

「かすかだが、聞き覚えがある。ぜひ、行ってみたい」

『じゃあ、車で迎えに行くわ』

「ちょっと待って。個人的なことだが、きみに聞きたいことがある。俺の部屋に出入りしていた女のことだ。何者か知っているのだろう？」

『あなたは思い出せないの？』

「うむ。思い出せない。だけど、部屋に彼女のいた痕跡が残っている。どういう女で、いまどうしているのか。知りたいんだ」

『じゃあ、それも後で』

　加奈の声が、心なしか不機嫌なものに変わったような気がした。

　俺は受話器を置いた。

　手帳をぱらぱらとめくり、十月十一日の日付のページを開けた。

　そこに黒々と鉛筆で走り書きがあった。

　俺は思わず、手帳に見入った。

「国会図書館の史料室で。１３３０。ミミ」

ミミ?

女の名前だ。

十月十一日。その日の午後三時過ぎに、俺は日比谷の帝劇近くで、爆弾テロ事件に遭遇して、瀕死《ひんし》の重傷を負った。

報告によると、河井総理が観劇のために帝劇を訪れた時を狙い、爆弾テロで殺害しようとする計画を、俺は実行直前に嗅ぎつけたとある。

そして、俺は爆弾を積んだ装甲車を運転するテロリストたちをたった一人で襲い、車を皇居の堀に落として爆弾を爆発させ、総理暗殺計画を頓挫《とんざ》させた。

その事件の直前に、会っていた女がいたのだ。

そのミミなる女から、俺は何か情報を聞き出したのかもしれない。

俺はカード類を調べた。すぐに国会図書館のカードは見つかった。書籍の借り出しができるカードだ。

ほかに、レストランやクラブなどの店名が入ったカード、ホテルチェーンのカード、さまざまな会員証もある。

ＵＦＯ神聖教会、オーパーツ研究協会の会員証も混じっていた。

俺は机の引き出しの中を、すべて引っ掻き回した。がらくたばかりだったが、ロッカーや部屋の物と思われる鍵も見つかった。

いずれも、見覚えのないものばかりだったが、気になるものを選び、ジャンパーのポケットにねじ込んだ。

壁掛時計に目をやる。

夕方までには、まだたっぷり時間がある。

俺はジーンズを穿《は》き、ワイシャツを着込み、ブルゾンを羽織《はお》って部屋を飛び出した。

# 第6章　秘史朝鮮戦争

## 1

国会議事堂前で地下鉄を降り、地上への階段を登った。

まだ陽が高く、眩しい。

ポケットからサングラスを出してかけた。眼鏡の蔓《つる》にあるスイッチを入れる。左のグラスにＨＵＤの表示が現れた。

右手に国会議事堂の建物が見える。背丈の高い鉄柵が張り巡らしてある。

サングラスに、監視カメラや赤外線センサーの位置が表示された。向かい側から歩いてくるコート姿の男は、分厚い防弾チョッキを着込んでいた。

赤外線の放射熱の分布が、チョッキの部分だけ遮断されて黒々と映《しょう》じている。右の腰のホルスターに入った拳銃と手錠。胸のポケットに警察バッジがついた警察手帳。

警備の巡回をしている私服刑事だ。

すれ違った時、一瞬だけ私服刑事は鋭い目で俺を見た。

俺は、右手の指でサングラスの蔓を押し上げる振りをして、人差し指を額《ひたい》にあて、ちょんと敬礼した。

刑事はにやりと笑い、頭を下げて目礼し、すれ違った。

国会図書館へ行くなんて、学生時代以来ではないだろうか。最近はコンピューターのネットで情報を検索することが多くなり、滅多《めった》に図書館を覗かなくなった。

だが、インターネットで流通するデータは、全部図書館に集積された情報を元にしている。図書館にあるデータは電子加工されたり、内容を改変されていない本物のデータばかりである。

インターネット上の情報を、本物の事実だと考えるのは危険だった。電子情報はどこでどう修正され、改変されたインチキ情報か分からない。

そうと分かっているのに、図書館から足が遠退《とおの》いたのは、家やオフィスの椅子に座ったまま、インターネットで情報を検索し、収集することができる便利さのためだった。

そうやって人間はいつも怠惰で楽な道を歩み、偽の情報《フェイクニュース》を摑まされているのだ。

入館手続きは、いつになく厳重だった。出入り口には二人の武装警備員が立ち、ウージー・マシンガンを胸に構えて、油断のない視線を利用者一人ひとりに浴びせていた。

金属探知機のゲートをくぐった。

ブザーが鳴った。武装警備員が胡散臭《うさんくさ》そうに俺を見ていた。

女性係員がプラスチック製のケースを出し、ポケットにある物をすべて出すようにいった。

俺は素直に従った。ポケットにあるもの全部をケースに入れ、最後にサングラスを置いた。

ゲートをくぐった。またブザーが鳴った。

女性係員は、俺のベルトのバックルに目をやった。俺はベルトを引き抜き、ケースに入れた。

またもブザーが鳴り響いた。俺は両肩をすくめた。

女性係員は、小型金属探知機を取り出した。

「両手を上げていてください」

武装警備員が俺に向き直り、銃を構えていた。女性係員は小型金属探知機で、俺の軀を上から下まで丹念《たんねん》に撫で回し始めた。

探知機が右脚の大腿部《だいたいぶ》に触った途端に、ブザーが鳴った。

「ああ、そこは数ヵ月前に手術したところだ。骨が砕けたそうなので、金属板が入れてあるのだと思う」

「そうですか」

女性係員はジーンズの上から大腿部にタッチして、何もないのを確かめた。さらに金属探知機を動かし、頭まで探った。

またブザーが鳴った。女性係員は訝しげに俺を見つめた。

「頭にも、まだ弾か爆弾の破片がいくつか残っている。頭の中も調べるかい？」

「ＩＤカードを見せてください」

俺はケースに置いた財布からＩＤカードを抜き、女性係員に渡した。革命警察軍のＩＤカードだ。

女性係員は俺のＩＤカードにちらりと目をやった。それから、笑みを浮かべていった。

「結構です。どうぞ、お通りください」

俺は武装警備員たちに向かって、肩をすくめた。

武装警備員たちはすぐに俺に興味を失い、後から入ってくる入館者に注意を向けた。

俺はケースに置いた財布や手帳、サングラスなどをポケットにねじ込み、受付カウンターへ歩み寄った。

女性の司書が、パソコンのディスプレイと睨めっこをしていた。

「何かあったの？」

俺は入館証を受付の女性司書に渡し、ものものしい格好の武装警備員を目で指した。

女性司書は眼鏡越しに俺を見た。

「図書館には無縁そうな連中だから」

「仕方ないんです。過激派が国会図書館を爆破すると通告してきたという情報が警察から入ったので、急遽、警備会社にお願いし、警戒にあたってもらうことになったんです」

「過激派が図書館を爆破して、どうしようというのかな」

「本当にどうしてですかねえ。私にもそれは分かりません」

「いやな世の中になったね。せめて図書館ぐらいは、静かに本を読む場所にしておいてほしいものだが」

「そうですわね」

眼鏡をかけた司書はうなずいた。

「史料室はどこにありますか？」

「二階の第二閲覧室《えつらんしつ》の隣です」

女性司書は、二階へ続く階段を指差した。

「ありがとう」

俺は歩き出すと、階段を駆け登った。

二階の廊下に出ると、目の前に第二閲覧室というプレートがかかった扉があった。その右隣に、史料室という真鍮《しんちゅう》製のプレートがついたドアがある。

俺はドアを押し開いた。中はこぢんまりとした部屋だった。

四十代ぐらいの男の司書が一人、机に向かい、書類に目を通している。部屋は二十畳ほどの広さで、長い机が四基並んでいる。

閲覧者は二人。どちらも男で、一人は学生風、もう一人は白髪の初老の男だった。奥にガラス戸の仕切りがあり、開架《かいか》式の本棚がずらりと並んでいる。その仕切り壁の前に、コピー機が設置されていた。

司書が顔を上げた。

「何をお探しですか?」

「人を探している」

司書は怪訝《けげん》な顔をした。

俺は身分証を相手に見せ、単刀直入にいった。

「ミミという女性だ。たぶん若い娘だ」

「たぶん?」

「顔は分からない。知っているかい?」

「いえ、いちいち名前を聞いているわけではありませんので」

俺は赤い手帳を取り出し、ページを開いた。

「昨年十月十一日午後一時半ごろ、ここでミミという女性と会ったらしい」

「会ったらしい？　あなたが会ったのでしょう？」

「それが覚えていないんだ。俺はその後、事故で記憶を喪失してしまった」

「それはお気の毒に。当日、私は担当ではなかった。誰がここの担当だったのか、ちょっと調べてみましょう」

司書はパソコンに向かい、キイに指を走らせた。マウスをクリックする。

「ああ、その日は藤井《ふじい》君が担当だったようですね。ここへ呼びましょうか？」

「頼みます」

司書は内線電話の受話器を取り上げ、ボタンを押した。誰かと話している。

俺はもう一度、手帳のページを最初からめくり、中の走り書きに目を通した。

「いま、こちらへ来るそうです」

「ありがとう」

俺は礼をいい、椅子に座った。

いずれの走り書きも、二桁《けた》か三桁の数字やアルファベットの文字だった。

俺は司書の椅子の傍に寄り、ページにあった走り書きを見せた。

「これは、本の分類番号だろうか？」

司書は手帳を覗き込んだ。

「どれどれ。ああ、これはここにある歴史史料の分類番号や登録番号ですね。開架式になっていますので、奥の史料棚へ行けば、この本は自分で見つけることができるはずですよ」

俺は奥の史料棚の仕切りドアを開けて、中に入った。本棚にはたくさんの書籍や小冊子が並んでいた。

史料棚は明治、大正、昭和、平成に分けられ、それぞれの時代を物語る原史料が整然と並べられてある。

メモにあった分類番号の本は、史料棚の上から三段目にあった。俺はそれを引き抜いた。

「GHQ　CIC捜査報告書第5部」と書かれてある。

GHQ？　日本占領軍総司令部のことか？

CICはカウンター・インテリジェンス・コー、つまり対スパイ活動防諜部隊に違いない。

その時、ガラスのドアが開き、一人の小柄な青年が顔を覗かせた。

「あのう、私が藤井ですが。ああ、あなたでしたか」

藤井と名乗った青年は、ほっとした表情になった。

「俺のことを知っているのか？」

「ええ。去年の十月十一日に、お連れの池沢さんに紹介されたと思います。名前は、確か西園寺さんでしたね」

「よかった。その池沢さんという女性は、ミミというのですか？」

「はい。美しい海と書いて、美海《みみ》」

「ミミさんは、どういう方ですか？」

「上智《じょうち》大学文学部歴史学科日本史専攻の学生さんでしたね。卒論を書くため、この史料室に出入りしていました」

「最近は？」

「そういえば、見えていませんね。卒論を書くのが忙しいのでは」

藤井は小首を傾げた。

「彼女の自宅を知っていますか？」

「まさか。私もそこまで彼女と仲良しだったわけではありません。史料探しのことで、相談にのった程度ですから」

「入館カードに、住所や連絡先が登録されているはずですね。調べてもらえませんか？」

「個人情報保護法というものがありましてね。住所や電話などを、無闇に他人に教えるわけにはいかないんですよ」

俺が身分証を見せると、藤井はうなずいた。

「そうだったのですか。あの時、あなたは大学院の研究生だといっていた」

藤井は近くにあったコンピューターの端末機に向かい、キイを叩いた。ディスプレイに池沢美海の住所氏名、顔写真、本の貸し出しリストが表示された。

顔写真を見て、俺は声を出しそうになった。

その顔に見覚えがあった。

いや、まだ写真だけでは即断できないではないか。

俺は慌てて、自分の考えを否定した。

「どうかしましたか？」

藤井は不審げな顔をして俺を見た。

「いや、何でもない」

俺は動揺を抑えながら、住所や電話番号、学生証の番号などを手帳に書き写した。

本の貸し出し状況のリストは、去年の十月が最後になっていて、最近はない。

タイトルだけを眺めた。いずれも、日本占領軍政策についての史料だった。

「彼女の卒論のテーマは何だったのですか？」

「確か、アメリカ軍を中心とする国連軍は、なぜ朝鮮戦争に敗北したのか、を検証する論文でしたね」

「……」

アメリカ軍が朝鮮戦争に負けた？　そんな馬鹿な！

俺は信じられなかった。俺が学生時代に習った歴史とはまるで違う。

加奈から聞かされた時も、半信半疑で聞いていたのだが、俺が習った歴史は夢の世界のことだったというのだろうか。

「すまない。頼みがあるのだが」

「何ですか？」

「現代史を簡単に振り返りたいのだが、適当な本を教えてくれないか？」

「現代史の、どのあたりですか？」

「彼女が卒論のテーマにしていた時代だ」

「朝鮮戦争以降ということですね」

「そう。朝鮮戦争に、なぜアメリカ軍は負けたのか、ということでもいい」

俺はうなずいていった。

藤井は立ち上がり、史料の棚に近づいた。

「ここの本は、ほとんどが専門史料ですから、そういう概略史の本はないのですが……。そうだ。百科事典なら、朝鮮戦争について簡単に説明してあるはずです」

藤井は本棚の下段にずらりと並んだ百科事典から、一冊を引き抜いた。そして、朝鮮戦争という項目を探し、ページを開いた。

「これが一番簡単な説明でしょうね」

「ありがとう。ちょっと読ませてもらう」

俺は百科事典を覗き込むと、「朝鮮戦争の敗北と、その後の日本」の項目に目を通した。

「……北鮮軍に釜山《プサン》まで追い詰められたアメリカ軍と韓国軍は、そのままでは敗北が必至《ひっし》だった。占領軍総司令部の総司令官マッカーサー元帥《げんすい》は戦況打開のため、起死回生の一手として、極秘に仁川《インチョン》上陸作戦を準備した。仁川に二十万規模の兵力を強襲上陸させ、北鮮軍の背後を突き、その補給路を断てば、釜山を包囲している北鮮軍を挟撃することができる。そうなれば形勢は逆転する、というマッカーサー総司令官の判断だった。

だが、事前に極秘の仁川作戦計画を入手した北朝鮮は、密かに東京へ暗殺団を送り込み、GHQ本部に自動車爆弾を突入させて爆破、マッカーサー総司令官と幕僚《ばくりょう》たちを爆殺した。

さらに北朝鮮は、ソ連と中国に軍事支援を要請した。ソ連は最新兵器を北朝鮮に供与、中国は百万人に上る義勇軍を投入した。中国北朝鮮連合軍は仁川海岸で、アメリカ軍や国連軍の上陸部隊を待ち受け、これを撃破した。かくして仁川作戦は失敗に帰した。

釜山に立て籠《こ》もったアメリカ軍と韓国軍は、中国北朝鮮連合軍の包囲に抗しきれず、ついに海上に脱出し日本へ撤退した。

中国北朝鮮連合軍は半島を統一するだけに留まらず、国連軍、韓国軍を追って対馬《つしま》海峡を渡り、西日本へ上陸した。

これに呼応して、関西で共産主義者や朝鮮総連の義勇軍が決起し、中国北朝鮮連合軍を迎えた。中国北朝鮮連合軍は、なお抵抗する国連軍、日本保安隊、在日韓国軍を駆逐《くちく》しながら東日本へ迫った。

北朝鮮、中国と日本分割計画を密約していたソ連軍は、この機に北海道へ侵攻し、全島を占領した。

中国北朝鮮連合軍は箱根《はこね》を越えて、九州や東京へ攻め込む勢いだった。撥《は》ね返す力がなくなったアメリカは極秘に国連やイギリス、フランスを通して、ソ連に中国北朝鮮との和平仲介を依頼する。

ソ連は中国北朝鮮との和平の仲介を約束したが、その代わりに北海道をソ連の保護領にすることを認めるよう条件を出した。そうすれば、ソ連はアメリカが東日本、九州、沖縄を保護領とするのを承認するというものだった。

アメリカ政府は日本政府には秘密にしてソ連と日本分割の秘密協定を結んだ。

かくして、ソ連の圧力で、中国北朝鮮軍は東日本への進撃を止め、静岡から山梨、長野を通り新潟上越地方に延びる非武装軍事境界線を引いて、休戦に応じた。

こうして、日本はアメリカ、ソ連、中国、統一朝鮮高麗共和国の四ヵ国によって分割統治されるようになった。

北海道はソ連領、本州は上越から長野、岐阜、名古屋《なごや》を通る非武装中立線を境に、東側が日本国に、西側の福井県、富山県、さらに滋賀県、京都府など近畿各県、中国各県、四国は、いずれも高麗共和国に併合された。東日本、九州と沖縄はアメリカ保護領とされた。

日本はサンフランシスコ講和会議で、ソ連、中国、高麗共和国を除く、連合国各国と単独講和を結び、独立を宣言した。だが、独立はしたものの、アメリカは九州、沖縄を日本へ返還せず、日本国は領土が関東信越地方と東北地方しかない小さな国になった。……」

百科事典の筆者は、最後にこう結んでいた。

「歴史に、もし、という仮定が許されるとしたら、あの時、もし、マッカーサー総司令官が爆殺されていなかったならば、今日のように日本は分割されていなかっただろう。すべてはマッカーサー元帥暗殺の成否にかかっていたといえる」

俺は百科事典を読みながら、目眩《めまい》を覚えた。まるで白日夢を見ている気がした。

## 2

国会図書館を出た時、空にはどんよりとした雲が垂れ籠めていた。風花《かざはな》がまるで小さな虫のように空を舞っている。

北風が葉を落とした樹木の枝を揺すり、土埃を巻き上げていた。

俺はジャンパーの襟《えり》を立てて、通りすがりのタクシーに手を上げた。

個人タクシーがブレーキの音を立てて、急停車した。ドアが開き、俺は後部座席に乗り込んだ。

乗り込みながら、ふと首筋に刺すような視線を感じた。ドアの窓越しに道路を見たが、不審な人影はない。

尾行か？

タクシーは走りだした。初老の運転手がバックミラー越しにいった。

「どちらへ？」

「麻布十番《あざぶじゅうばん》へ」

運転手はうんともすんとも答えず、速度を上げた。リアウインドウから後ろを窺ったが、怪しい車がついてくる気配はなかった。

俺は座席に身を沈め、疲れた目を指で圧《お》した。

史料室で貪《むさぼ》るようにして読んだ昭和戦後史は、子供の頃に習った史実とはかなり違っていたが、読み進むうちにだんだんと感覚が麻痺《まひ》して、違和感が薄れていくように思った。

歴史の事実など、自分が実際に生きた時代であっても、歴史書に記述されれば数行の文字にしかならず、場合によってはまったく書かれないこともある。

まして自分が経験していない時代の話など、いくら真実めかして書いてあったとしても、本当の事実とは違うこともあるのだ。

朝鮮戦争の敗北、その後に続く日本本土を戦場とした東西列島戦争は、日本の社会を大きく変貌《へんぼう》させた。

北海道を除いた東日本では、アメリカ肝煎《きもい》りの資本主義体制と議会制民主主義政治が徹底され、天皇を国民統合の象徴とする民主憲法が施行された。

一方、高麗共和国と中国に軍事占領された西日本は併合されて、社会主義体制になり、徹底した高麗型の階級制度や身分制度が導入されていた。

旧地主や資本家、中流家庭、知識人、旧軍人などは、反動反革命分子として最も低い階級や身分とされ、代々が労働者の家庭や土地を持たない貧農たちが、革命的階級として上位の階級を占める社会である。

ソ連軍の被占領地域となった北海道は、日本人自治州となり、ソ連型の社会主義の道を歩んでいった。

ペレストロイカによって、ソ連社会主義体制が崩壊すると、北海道では日本祖国復帰運動が激しく展開されたが、新しく成立したロシア共和国政府は北海道が日本へ復帰することを許さず、徹底的に復帰運動を弾圧した。

その代わりに、州から格上げして、北海道自治共和国を創らせ、あくまでロシア連峰の一国であることを強《し》いた。

日本を擁護《ようご》するアメリカも、日本の九州、沖縄への潜在主権を認めつつも、そうしたロシアや中国、高麗に対抗して、九州と沖縄を日本へ返還せずに軍事基地化し、東アジアの安全を守るための戦略的拠点としていた。

知れば知るほど、悪夢を見ているような思いだったが、それがいまの現実だとすれば、もはや個人の思いではどうなることでもなく、素直に受け入れるしかない。

俺一人がこれは違う、現実ではない、と騒いでも、おそらく周囲の人々から、おまえこそ実在しない夢のユートピアか桃源郷《とうげんきょう》を夢想していただけだ、と笑われるのがオチだろう。

正直、俺自身でさえ、だんだんと自分が知っていた日本はやはり夢か幻であって、現実の世界ではないと思い始めているのだから。

もう考えるのも面倒だった。

これまでの自分や日本の戦後史を見直し、最初から新しく物語を創り直そうなどということよりも、現実をそのまま追認して、ストーリーを受け入れる方が、よほど楽だった。

そうでないと、俺自身が自己崩壊しかねない。

自己崩壊から自分を守るには、現実を現実と思わない離人《りじん》症状になるか、記憶を失う健忘《けんぼう》症になるか、あるいは、かつての俺はいまの俺とは違うという解離性《かいりせい》人格障害、いわゆる多重人格症状にでもなるしかない。

タクシーは人込みで賑わう六本木《ろっぽんぎ》の交差点から斜めの坂道に入り、麻布十番へ向かった。

通りすがりに、ロシア料理店「バラライカ」の看板を見つけた。

「ここでいい」

俺は料金を支払い、タクシーを降りた。

虚空《こくう》に虚飾《きょしょく》の塔、六本木ヒルズの高層ビルがそびえ立っていた。

俺は木枯《こが》らしが吹く中、「バラライカ」の店先に立った。

分厚い制服のコートを着たコザック姿のロシア人が俺を迎え、ドアを開けた。

店の中は熱気に溢れていた。

コザックの民族衣裳を着たロシア人の楽団が、リズミカルなロシア民謡を演奏していた。

フロアではコザックダンスが始まっている。

バーのスツールに加奈の姿があった。見知らぬ男と話をしている。

俺が手を上げると、加奈は男に「バイ」と手を振り、スツールから降りた。

胸元が大胆に開いた黒いワンピース姿だった。膝上十センチはあろうかと思われる超ミニスカートからは、白い肌の形のいい脚が見えていた。

俺と加奈は店の支配人が用意してくれたフロアに近い予約席を断り、店の一番奥のテーブルについた。

俺が非常口や裏口に近く、入り口がよく見通せ、背後が壁になっている席を選んだのを見て、加奈はくすくすと笑った。

「何がおかしい?」

「ゾルらしいなって。いつも無意識のうちに、襲われた時のことを頭に入れている。わたしもそう。どんな場所に行っても、無意識のうちにそうしている。そうでないと、落ち着かないんでしょ?」

「確かにそうだな」

俺はうなずいた。後ろが壁であったり、人がいない場所でないとどうも落ち着かないのは、趣向の問題ではなく、本能的に身の安全を考えてのことだったのだ。常日頃からそうした危険に備えるように、躯が徹底的に覚えているらしい。

加奈はメニューを見ながら、ウエイターにあれこれとロシア料理を注文した。

「今夜は見違えたな。セクシーできれいだ」

俺は大胆に大きく開いた胸元を見ていった。

「ありがとう。似合うかしら？」

「百人の男を手玉に取ることができる」

「あら、百人だけ？」

加奈はにこっと妖艶《ようえん》に笑った。

店内に加奈が入っていった時、一斉に客たちの視線が集まった。男の客はあからさまに俺に羨望《せんぼう》のまなざしを向け、女の客は嫉妬《しっと》に満ちた目で加奈を睨んだ。

そのことは加奈も十分に意識し、楽しんでいるに違いない。やはり女はおそろしい。

俺はサングラスをかけ、店内を見回した。店に入った時から、また刺すような視線を感じていた。さりげなくその視線が、どこからくるのか探った。

テーブル席は満席になっていた。客の大半は日本人だったが、いくつかのテーブルには外国人観光客の姿も混じっている。

窓辺に近いテーブル席には、ロシア人の初老の身なりのいい夫婦がいて、食事をしていた。

男女二人のボディガードが隣のテーブルに座り、さりげなく警戒の目を光らせている。

そうか。あの二人だ。

サングラスのセンサーが反応し、護衛の男は背広の内側に拳銃を吊《つる》し、女はバッグに拳銃を仕舞っていることを告げていた。二人ともイヤフォンを耳に挟んでいる。

ただのボディガードではない。チームを組んだ護衛官だ。

六本木にはロシア大使館がある。ロシア大使夫妻が、お忍びで来店しているらしい。

俺はサングラスを外し、胸のポケットに入れた。ロシア人のボディガードたちは、目こそこちらに向けなかったが、全神経を俺たちに向けて警戒しているのが伝わってくる。

「お仲間ね。こっちは停職中で非番なんだから、楽しみましょう」

加奈もすでに、彼らには気づいている様子だった。

加奈と俺は、ちょうどウエイターが運んで来たワインのグラスを手に取った。

俺は彼らにグラスを掲げた。

そっぽを向いて話していたボディガードの男の方が、鼻を掻《か》く振りをして、口元にあるマイクに何事かをいい、ちらりと俺を見た。

俺は人差し指を額にあて、敬礼を投げた。男はにやっと笑い、指を額にあてて答礼した。

今夜はお互い敵対しない、という暗黙の合図だ。

ロシア人の女も視線を俺たちに走らせ、手にしたグラスをそっと掲げた。

加奈はうなずき、グラスを上げる。

俺はグラスの赤ワインを、舌の上で転がして味わった。

「ところで、例の犯人グループ五人の身元は分かったかい？」

「分かった。いま知りたい？　せっかくおいしい料理がくるというのに」

「悪いが、仕事優先だ」

「分かったわ」

加奈はバッグを開け、中から四折りにしたコピー紙を取り出した。

俺はその紙を開いた。

五人の氏名、年齢、現住所、職業、出身地、逮捕歴、前科などが記されてある。いずれも顔写真がついていた。

俺は最初にあった女の名前と顔写真を見て、愕然《がくぜん》とした。

間違いない。五洋電機でテロを行ない、俺の腕の中で死んだあの娘だった。彼女がミミだった。

池沢美海。二十二歳。現住所・東京都文京区本郷《ぶんきょうくほんごう》……。大学生。岡山出身。逮捕歴なし。前科なし。西からの越境者。……

「やはり、この娘だった」

俺は苦い胃液が、こみあげてくるのを感じた。

しかし、ミミは死を目前にしながら、なぜ俺に微笑んだのか。

「知っている女なの？」

俺は赤い皮の手帳をポケットから取り出し、十月十一日のページを開いて加奈に見せた。

「この走り書きを見て、今日、国会図書館へ出掛けてみたんだ」

俺は図書館での一部始終を話した。

加奈は、じっと考え込んだ。

俺は話を終え、ほかの四人の男たちのリストに目をやった。

児島安雅《こじまやすまさ》。二十二歳。現住所・世田谷区桜上水《せたがやくさくらじょうすい》……。大学生。北海道出身。逮捕歴、前科なし。北からの越境者。

黒田久央《くろだひさお》。二十四歳。現住所・横浜市港南区《こうなん》……。会社員。東京都出身。逮捕歴1（公務執行妨害罪）、前科なし。

松山滋《まつやましげる》。二十四歳。現住所・さいたま市……。会社員。逮捕歴2（暴走行為）、前科なし。高松《たかまつ》市出身。西からの越境者。

ハン・スニル　二十二歳。現住所・川崎《かわさき》市……。大学生。在日韓国人。逮捕歴1（暴行罪）、前科なし。亡命者。

いずれも、まったく記憶にない男たちだった。

もっとも、もし生前の彼らと会っていても、記憶喪失で分からなくなっているだけかもしれないが。

美海はどうやって、これらの四人を集めたのか。

彼ら五人には、何か共通するものがあるのだろうか。

俺が疑問をぶつけると、加奈は頭を左右に振った。

「五人に特に共通点はなし。学校も会社も違う。生活している空間も場所も違う。どこかで同じ趣味のサークルだったとか、同郷人だったということでもない」

「では、何をきっかけにして、彼らは集まったのか？」

「きっとネットでしょう。ネットの記録を調べれば、分かると思う。いずれにせよ、リーダーは彼女であり、彼女がほかの四人を呼び集めたのでしょうけど」

俺はリストを見ながらいった。

「しかし、彼らには軍歴もない。それなのに、銃の扱いにも慣れていた。どこで訓練したというのか」

「全員、男も女も、十八歳から二十歳の間に徴兵《ちょうへい》されて、最低一年半は兵役をやっているはずよ。学生の場合には、兵役に行くのを一、二年先延ばしにできるけど」

「そうか。兵役があったのか。では、俺も兵役に行っているのだろうか?」

「もちろんよ。兵役なしに、革命警察軍へは入れない。しかも、兵役の間、優秀な成績だったはずよ」

俺にはまったく記憶がなかった。

兵隊になったという記憶さえ、失われているのだから仕方がない。

「彼らの軍歴も洗えるから、もっと詳しい身元調査の結果が出てくると思うけど。いまのところは、そのメモ程度のことしか分からない」

加奈は溜め息をついていった。

「どこが調べている?」

「一応、警察当局に任せてある」

「革命警察軍ではないのか?」

「彼らの縄張りを荒らし、謝罪したばかりよ。その上に、なお五人の身元調べまで革命警察軍がやったら、革命警察軍と警察との戦争になってしまうでしょ。上司も、さすがにそれはできないところでしょう」

「それはそうだな」

俺はもう一度、池沢美海の顔写真に見入った。

池沢美海の死に逝《ゆ》く時の情景が、まざまざと目に浮かぶ。

ミミは、まるで昔の恋人にでも出会ったように、俺に笑いかけた。

幸せそうに見えたのは、俺の思い違いだったのだろうか。

「それにしても、なぜ、美海たち東アジア反帝統一抵抗戦線は、五洋電機を狙ったというのか？　それも死をかけて、いったい何をしようとしていたのか」

「わたしに聞かれても困るな。わたしは彼らではないのだから」

加奈は笑った。ウエイターがロシア料理の皿を運び始めた。

「さ、気分を直して、食事にしましょう」

加奈は食前酒のグラスを掲げた。俺も食前酒のグラスを上げ、乾杯した。

温かいボルシチの湯気が鼻孔《びこう》をくすぐった。

スプーンでボルシチをすくって食べる。黒パンの欠片《かけら》をボルシチに浸して頬張《ほおば》るうちに、ようやく人心地がついた。

考えてみれば、朝食を摂《と》って以来、水以外何も口にしていなかった。

「加奈はどこの生まれなんだ？」

「書類上は京都になっている。でも、本当はどこなのか分からない」

「分からない？　ご両親は？」

「死んだ。西から越境しようとした時、殺された」

「ごめん。まずいことを聞いた。すまない」

「いいえ、大丈夫。もう子供の頃のことで、わたしは何も覚えていないから。でも、わたしのことを聞いて、どうするの？」

「どうするって、パートナーのことは一応、何でも知っておかねばならないと思ってね」

「昔のゾルは違った。おたがい、余計なことは知らない方がいいって。深く知り合えば、知り合うほど、万が一、パートナーを失った時に、受ける傷が深くなるからと」

「冷たい男だな」

「そう考えねばやっていけないほど、ゾルは苛酷《かこく》な体験を経《へ》ていたから。あなたは忘れているでしょうけど」

「どんな？」

「あなたは仲間八人と越境して、西日本へ潜入したことがある。ある作戦のためにね」

「どんな作戦なのだ？」

「それは分からない。極秘の作戦で、失敗したために、おそらく革命警察軍の記録からも抹殺《まっさつ》されているはず」

俺は記憶を辿ったが、やはり何も思い浮かばなかった。

「再び、越境して帰って来たのは、たった一人、あなただけだった」

「ほかの仲間たちは？」

「あなた以外は、全員殺された。あるいは捕まりそうになり自決したか」

「捕虜になって、生き残った者はいなかったのかな」

「もし、誰かが捕虜になっていたら、高麗共和国政府は、激しく日本や革命警察軍を非難していたでしょう。休戦協定に違反した犯罪行為だとかいって、五ヵ国休戦委員会に提訴していたはず」

「それは、いつごろの話なのだ？」

「四年前。その翌年、特攻機動隊スダックが結成されたのだから」

四年前？　ほんの少し前のことではないか。

それなのに、何も記憶していない。記憶の断片すら脳裏に浮かばない。俺は頭痛がしてきた。

ウエイターを呼び、ウォッカのストレートを頼んだ。飲まずにはいられない気分だった。

「大丈夫？」

「カナ、きみの話をもう少し聞きたい。きみのことが知りたいんだ」

加奈はうなずいた。

「いいわ。どうぞ、何でも聞いて。正直に話すから」

「どうして、この仕事をするようになった?」

「志願したの。革命警察軍幹部養成学校へ入ってから、ずっと特殊任務について敵と戦うのが夢だった。ゾルのようにね。それで革命警察軍でしばらく働いてから、特攻機動隊スダックに志願したの」

「どうして、こんな危険な任務につくのが夢だったのだ?」

「初めは両親や姉を殺した敵が憎かったから。いまでは、その憎しみが薄れ、少し理由が変わってきたけど」

「ご両親だけでなく、お姉さんも殺されたのか?」

「越境者の群れに、彼らは容赦なく銃弾を浴びせたそうだわ。同じ同胞《どうほう》だというのに、彼らは高麗人から命令されたら、親兄弟に対しても銃の引き金を引く、血も涙もない連中に成り下がっている」

「きみがいくつの時だ?」

「まだ乳飲《ちの》み子《は》だったらしい。生き延びた人が、撃たれて死んだ母の胸で泣いている私を引き剝がし、海に飛び込んだそうよ。それでわたしだけは助かった。それから、わたしは国の孤児院や養育院に入れられ、大事に育てられた。大学まで行かせてもらえたのは、国のおかげ」

「少し理由が変わったというのは？」

「この三年の間、いろいろな危険に遭遇《そうぐう》して、憎しみだけでは、この仕事はできないことが分かった。いまは一緒に戦う仲間たちから、わたしが必要とされているから。スダックの仲間たちのために、わたしは戦っている」

ウエイターがウォッカの瓶とグラスを運んできた。

俺は瓶の蓋《ふた》を開け、二個のグラスにウォッカを注いだ。

俺は無性に強い酒をあおりたくなった。

「あなたのスダック復帰と、良き戦友たちに」

加奈はグラスを上げた。

「乾杯」

俺はそういい、グラスの縁をかちんとあて、一気に喉に流し込んだ。熱く燃えるような火酒が、喉元を流れ落ちていく。

それは蒙昧《もうまい》から人を覚醒《かくせい》させるような強烈なパンチとなって、俺を襲った。

俺はその一撃で感傷から立ち直り、姿勢を正した。

「俺のことを調べたといっていたね。特に俺のところへ出入りしていた女のこと。話してくれないか？」

「いいわ。でも、ショックを受けないでね」

「覚悟しておく」

「一人は浅埜美花《あさのみか》、あなたには元女優で、映画やテレビのプロデューサーだといっていた」

「ほう。写真でもあればいいが」

「だろうと思って、女優時代の彼女のビデオを用意しておいた」

加奈はスマホを取り出し、データを呼び出すと、ディスプレイを俺に見せた。

ディスプレイのフレーム一杯に、女の笑顔が映った。ついで、ダンスをしている女の動画が映し出された。

黒くて長い髪がさらりと浮いて揺れる。俺はまじまじと女の顔や踊る様を見つめた。

見覚えがある。夢に出てくるあの女にそっくりではないか。

俺は何度も何度も短い動画を再生して、見直した。

確かにこの女だ。間違いない。

「このビデオ……」

俺がいいかけた時、加奈はうなずいていった。

「録画したSDをあげるわ。心配しないで」

加奈は携帯電話からSDを抜き、俺の手に渡した。

「ありがとう。浅埜美花について、まだほかにデータがあるのだろう？」

「彼女は高麗の国家保安部のエージェントだった。日本へ潜入していた草《くさ》のスパイだった」

「草のスパイ？」

「朝鮮戦争時代に、彼女の家族は北朝鮮から韓国へ逃れ、ついで西日本へ逃げて、さらに東日本へ移住した第一次越境者家族だった。そして、両親は東日本に定住し、帰化して浅埜姓を名乗り、日本国籍を取得した。だから、彼女は東日本で生まれ育った二世。実は、両親は昔から草のように、こちらの土地に根ざしたスリーパーだった。本国の命令がくるまで、何もせずに眠っている工作員だったの」

「なるほど」

「その子である美花も、両親から徹底的に工作員教育を受けたスパイだった」

「何だって！　よりによって、俺はそんな女に引っかかっていたのか？」

「いいえ、ゾルは、彼女の生い立ちや正体を知っていた上で、つき合っていたと思う。美花には警察や革命警察軍の人間ではなく、国土交通省勤務の公務員と名乗っていた。美花は、あなたの正体を知らなかったと思うわ」

「どうして、俺は彼女とつき合っていたのだ？　彼女を逆に利用しようとしていたのか？」

「おそらくそう。協力者にしようとした」

俺はショックを受け、ウォッカをまた一息で飲み干した。

火酒の刺激が、俺の萎《な》えそうになった精神に喝《かつ》を入れた。喉がからからになり、コップの水を飲んで喉を潤《うるお》した。

「その後、彼女との間は、どうなっているのだ？」

「半年前に、彼女はあなたの前から忽然《こつぜん》と姿を消した。理由も何も告げずに」

「何があったのだ？」

「あなたは、かなりショックを受けていた。覚えていないでしょうけど、あなたは彼女を利用しようとしているうちに、彼女を愛してしまったのだと思う。周りで見ているのも辛かったほど」

「そうか。すまなかったな」

俺は頭を掻いた。だが、どんなことがあったのか知らないのだから、謝りようもない。

「でも、ゾルは凄《すご》い。立ち直りも早かった。一週間後には、いつものようにみんなに軽口を叩いていたから。それで、わたしもみんなも安心したわ」

「俺も、ただの男であることを証明したわけだ。それも惚《ほ》れやすく飽きっぽい、ちょいワルだってことがね」

俺は頭を振り、ウォッカをもう一杯飲んだ。

三発目の火酒の打撃は、かなり堪えた。

記憶には残っていないが、軀のどこかでまだ浅埜美花を覚えている。

やはり、浅埜美花に去られた強烈なショックが尾を引いているのではないのか、と思うのだった。

## 3

トイレから戻る途中、俺は通路でふと足を止めた。

時折、無性に煙草《たばこ》が吸いたくなる。

理由なんかはいくらでもつけることができる。ともかく、苛立った神経を宥《なだ》めたかった。

煙草の自販機の前で、俺はポケットを探り、コインを探した。

コインはどこにも見つからず、紙幣を差し込み、ピースマイルドを一箱購入した。

箱の封を切り、一本を摑《つか》み出して口にくわえる。

店内は禁煙になっている。喫煙できるのは、自販機のあるコーナーだけだった。

俺はピースマイルドにジッポーライターで火をつけ、深々と煙を吸った。ニコチンが肺を刺激して、むせそうになった。頭がくらくらする。

しばらくじっとしていると、ようやく気分が落ち着いてきた。

思えば入院中はもちろん、退院した後も、いまのいままで一本も煙草は吸っていない。


その時、店内がどっと湧いた。フロアでは二回目のステージが開始され、コザックダンスが始まっていた。

喧《やかま》しくアコーディオンが演奏され、コザック合唱団が手拍子《てびょうし》足拍子《あしびょうし》を入れて、コザック民謡を歌っている。

店内の客たちは、みんな拍手喝采《かっさい》し、コザックダンサーたちの動きの速い踊りに見《み》惚《ほ》れている。

ふと、窓辺のロシア大使夫妻たちのテーブルに目をやった。お揃いの黒いトレンチコートを着た三人組が、夫妻を立たせようとしていた。

白髪の大使は毅然《きぜん》として、頭を左右に振っている。夫人は怯《おび》えて、顔を強《こわ》ばらせていた。

コートの下から、黒い銃身がちらりと見えた。一人の男が夫人に銃を突きつけ、別の二人が大使に立たないと撃つぞ、と脅している様子だった。

ボディガードの男女は、テーブルで座ったままだった。

ボディガードの男と女の脇には、それぞれトレンチコートを着た男が、躯をぴったりと寄せて座っていた。一人は長髪の青年、もう一人は坊主頭の目付きの悪い男だ。ここからは見えないが、おそらくボディガードの男と女は、コート姿の二人に拳銃を突き付けられ、身動きが取れないのだろう。

きっと彼らは、うっかり油断をするという致命的ミスを犯したのに違いない。ボディガードたちの顔は、大使夫妻の方を見ている。

万が一、大使夫妻に何かがあったら、ボディガードたちはたとえ拳銃を発射されようが、命懸け《いのちが》の行動を起こすだろう。

彼らはいつも、そうするように訓練されている。離れていても、彼らボディガードたちの緊張が、びりびりと伝わってくる。

俺は煙草を途中で止め、灰皿に押しつけて消した。頭は明晰《めいせき》になっている。

出入り口に、もう一人、トレンチコートの前をはだけた男が立っている。

犯人は店内に六人。おそらく、外にも車を用意して、何人かバックアップ要員が待機しているに違いない。

弱った。停職中なので、拳銃は所持していない。保安部に拳銃は預けてある。きっと加奈も持っていないだろう。

俺は加奈に目をやった。加奈はコザックダンスに見惚れている。

俺は白いハンカチを出して、暗がりで動かした。

ようやく加奈がこちらに気づいた。

加奈は目で「何？」と聞いてきた。

俺はロシア大使夫妻を、手で指した。

加奈はロシア大使夫妻のテーブルに目をやり、すぐ不審を察知した様子だった。

加奈はバッグを胸に席を立った。そして、トイレに行く振りをして、こちらへ真っすぐにやってきた。

「ゾル、どうする？」

ロシア大使夫妻を囲んだ三人組は、二人を立たせようとして、てこずっていた。

一人が夫人の腕を摑み、ようやく椅子から立ち上がらせた。

ボディガードの男の方がすぐに立とうとして、長髪男に席に戻された。ボディガードの頭に、拳銃が押しつけられていた。

「カナ、拳銃は？」

「なし。カラシスプレー一本だけ」

「それで援護してくれ」

「了解」

俺は通路を、ふらふらと歩き出した。

コザックダンスのリズムに合わせ、足を踏みならし、手で拍子を取る。

「ホイホイホイッ」

俺は奇声を上げながら、ボディガードたちのテーブルに歩み寄った。

「おいおい、タヴァーリチヒよ。飲んでいるかい？」

俺は長髪の男を無視して、ボディガードの肩を叩いた。

「……」

ボディガードは何かものいいたげに、俺と隣の長髪男に目をやった。

長髪男は無愛想《ぶあいそう》な目を俺にくれた。コートの下から自動拳銃トカレフを突きつけている。

長髪の男は苦笑いした。

「酔っ払いは、あっちへ行ってな」

「はいはい」

俺はよろめいた振りをしながら、いきなり肘《ひじ》で長髪男の顔面を張り飛ばした。

長髪男は呻き声をあげ、ぐらっと傾いた。ボディガードも、長髪男に飛び掛かる。

俺は長髪男の拳銃を持つ手を摑んで捩《ね》じ上げ、自動拳銃トカレフを奪った。

ほとんど同時に、加奈が女のボディガードに銃を突き付けていた坊主頭の男の顔面に、カラシスプレーを吹き付けた。

坊主頭は顔面を手で蔽《おお》った。

男の首筋に、加奈の空手チョップが振り下ろされた。坊主頭は声も上げず、膝から崩れ落ちた。

女ボディガードは、素早く転がったトカレフを拾った。加奈も捩じ上げた坊主頭の手から、自動拳銃マカロフを取り上げた。

「フリーズ（動くな）！」

俺はトカレフを両手で構え、大使夫妻を取り囲む三人組に怒鳴った。

「警察だ！　革命警察軍だ！」

三人組は顔を強ばらせ、一斉にトレンチコートの前をはだけると、コートの下からカラシニコフ自動小銃を出した。

コザックダンサーたちが、踊りを止めた。店内の客たちが、三人組が銃を構えているのを見て、大混乱になった。

出入り口にいたもう一人のトレンチコートも、銃を出して構えた。その銃から炎が噴き出し、連射音が響いた。

俺は長髪の男を突き飛ばして伏せた。一瞬で、脇にいたボディガードの男が噴き飛ばされた。

背後で、ガラスが割れる音が起こった。

女客たちの悲鳴が起こった。逃げようにも出入り口にトレンチコートの男が張りついているので、逃げられない。

「伏せろ、伏せろ！」

誰かが怒鳴り、客たちはテーブルの下に潜り込んだ。

「銃を捨てろ。でないと人質を撃つぞ！」

大使に銃を突きつけた男が叫んだ。

三人組はロシア大使夫妻を立たせて楯にした。

大使と大使夫人のそれぞれに、犯人一人ずつが自動小銃を突きつけている。

残った一人が、携帯電話で誰かと話をしていた。

俺は三人の中から、リーダーを探した。

三人とも毛糸のスキー帽を被《かぶ》り、同じ服装をしている。

だが、大使に銃を突きつけている男が、ほかの二人をリードしていた。

俺は長髪の男を引きずり起こし、楯にして三人組に怒鳴った。

「外には警察官がいる。ここを包囲した。逃げられないぞ！」

「そんなのは、はったりだ。外には我々の仲間がいるだけだ」

三人組は大使夫妻を引きずりながら、出口に向かった。出口で張り番していた男が合流する。

「嘘じゃないわ。逃げられないわよ。銃を捨てなさい！　でないと、全員、ここから生きて出られないよ」

加奈も坊主頭を起こして楯にし、マカロフ拳銃を向けていた。

女ボディガードも、拾ったトカレフを構えている。

「死ぬ時はロシア大使夫妻も一緒に道連れだ！」

大使に銃を突きつけた男が、怒鳴るようにいった。

あいつが主犯だ。俺は手と指で加奈に知らせた。そして、自分を指差し、ついで人差し指で主犯格の男を指した。

俺がやつを撃ち倒すという意味だ。

「了解」

加奈はうなずいた。

リーダー格が大使を楯にし、大声で怒鳴った。

「我々は北海道奪還統一戦線決死隊だ。おまえらも日本人なら、我々と共闘しろ。同じ同胞ではないか。このまま北海道を、ロシアの占領地にしておいていいのか！」

俺はトカレフをリーダー格の男に向けた。大使の軀がふらつき、その陰にいる男に狙いが定まらない。

三人組はじりじりと後退した。出口にいたもう一人が、また銃を天井にむけて威嚇《いかく》した。

その間に、逃げようというのだ。

いきなり、出入り口の外から銃声が響いた。出口にいた男が、銃撃で吹き飛ばされた。

ついで大使を人質にしたリーダー格も、後ろを振り向く間もなく銃撃され、大使と一緒に転がった。

ほとんど同時に、夫人に銃を突きつけていた男も銃弾に弾き飛ばされて、夫人の足元に倒れ込んだ。

俺は長髪の男を床に突き飛ばし、大使に駆け寄った。ボディガードの男も肩から鮮血を流しながら、大使に駆け寄った。

「畜生《ちくしょう》！　この裏切り者どもめ！」

最後に残った一人が、銃を俺に向けて撃った。弾丸が床を削って飛んだ。

俺は反射的に床に転がり、トカレフを応射した。

加奈もマカロフを撃った。

出口からも銃声が起こり、三方から撃たれ、男は朱《しゅ》に染まって転がった。

出入り口から、大柄な人影が二人、５・56ミリ小銃を構えて飛び込んできた。

「ゾル、カナ、大丈夫か！」

弁慶とブルの声が響いた。

俺はゆっくりと床から立ち上がった。

「外に仲間がいなかったか?」

「最初に始末した。車の中に転がっている」

弁慶がうなずきながら答えた。

「これで全員か?」

弁慶は坊主頭の男に、ブルは長髪男に銃を突きつけた。

「ああ、全員だ」

店内の客たちが、俺たちに向かって拍手をした。全員が無事に助かったことを喜び、抱き合っている。

ボディガードの女が、夫人を助け起こしていた。大使も床に転がった時、額に瘤《こぶ》を作ったが無事だった。

ボディガードの男が、大使に怪我《けが》はないかどうか確かめていた。

加奈が坊主頭と長髪男に手錠をかけた。

「おまえらが、革命警察軍か。同じ日本人の仲間を殺して、よく平気でいられるな」

長髪男が俺を見上げていった。

坊主頭がどすのきいた声でつけ加えた。

「革命警察軍が、俺たちの敵であることがようく分かったぜ。いつか、このオトシマエをつけてやるから、覚悟しておけよ」

加奈が、ふんと鼻先で笑った。

「オトシマエなどという、やくざがいうような言葉を使うな。おまえらが本当に北海道返還を願うなら、ロシア大使夫妻を拉致《らち》するような卑怯《ひきょう》な手を使うな。正々堂々と要求しろ」

坊主頭と長髪男は、そっぽを向いた。

俺は弁慶とブルに聞いた。

「よく俺たちがここにいることが分かったな」

「俺たちは、ゾルが行くところは、いつも一緒だ。あんたは狙われているんだ。本人が気をつけてくれないとな」

弁慶とブルは、にやっと笑った。

加奈が笑みを浮かべていった。

「念のため、二人にあなたの身辺の護衛を頼んでおいたの。以前、そうしなかったために、ゾルは爆弾事件に巻き込まれてしまったから。その二の舞は、避けたいと思って」

「ありがとうよ。心配をかけてすまんな」

俺は加奈や弁慶たちに礼をいった。

「スパシーバ、スパシーバ」

ロシア大使と夫人が俺と加奈に歩み寄り、握手を求め、感謝の意を顕した。

「いや、たまたま偶然、ここに居合わせただけのことです。今後とも、どうぞお気をつけてください」

俺は笑顔を見せて、大使夫妻に頭を下げた。

加奈も挨拶を返した。

遠くから警察のパトカーのサイレンが近づいてくる。

ボディガードのロシア人の男女が、俺と加奈に近寄って来て、握手を求めた。

「助かった。ありがとう。俺はセルゲイ・ショスタコビッチ少佐」

「わたしはニーニャ中尉。よろしく」

俺も加奈も、自分たちの名前を名乗った。

「今回は世話になった。借りができたな。いつか、この借りは返す」

「気にするな」

俺は笑いながらいった。

「ところで少佐、あんたのロシア語はひどい。タヴァーリチヒではなくタヴァーリヒチ（同志）だ。それに、いまは同志なんて呼び合ったりはしない。死語になっている」

「分かった。タヴァーリヒチ。次に会う時までには、少しはロシア語を習っておくよ」

セルゲイは苦笑し、頭を振りながら、ゆっくりと歩み去っていった。

俺は加奈、弁慶、ブルと顔を見合わせて笑った。

# 第7章　UFO心霊トラベル

## 1

夜中に何度も目を覚ました。

何か夢を見ていたらしいのだが、目を覚ますと、夢の内容は忘れてしまう。たいしたことのない夢だから忘れてもいいが、幸せな夢ならば、そのまま見続けていたい。

俺はベッドを抜け出し、冷蔵庫の扉を開けて、缶ビールのプルトップを引き抜いた。エアコンがほどよく効いている。冷えたビールが喉に心地いい。

ベランダ越しに、深夜便のエアバス機が着陸態勢を取り、ゆるゆると降りて行くのが見えた。

つけっ放しにしたパソコンのディスプレイが、青白い光を部屋にばらまいている。

スタートのキイを押すと、画面に浅埜美花の顔がアップになって映る。

黒い瞳。細い眉。肉感的な唇が開き、白い歯が見える。整った鼻筋。長い黒髪が揺れて、顔にかかる。

笑みを残して、レンズが後退し、美花がくるくると舞い始める。

バックに聞き覚えのある歌が流れた。

わたしたちは兵士
戦いは永遠に終わらず
かなしみだけが
わたしのともだち

絵里の「恋の戦士」だった。

美花は、その歌の旋律《せんりつ》に合わせて、優雅にスカートをなびかせて裸足のまま踊る。

黒髪がさらさらと流れて、美花の顔にかかる。美花が指で額にかかった黒髪を掬《すく》い上げると、映像は終わった。

映像を逆回しに戻す。アップから引いて、美花の全身の映像になる時、背後に海原が映っていた。

江ノ島《えのしま》がちらりと視界に入る。美花はベランダで踊っている。

俺は何度も巻き戻し、飽きることなく浅埜美花の姿に見惚《みほ》れ、ビールを飲み干《ほ》した。

何度も繰り返し映像を見ているうちに、浅埜美花の笑顔や仕草《しぐさ》、手足の動きが脳裏に焼きついた。

徐々にだが、浅埜美花についての記憶が甦ってくるように感じた。

いったい、浅埜美花の身に何が起こったのか？

なぜ、半年前、彼女は突然に姿を消してしまったというのか？

あるいは、俺の方に、彼女が離れていかざるを得ない何かが起こったのだろうか？

手がかりになるものはないかと、日記やメモ、手紙、アルバムなどを探したが、そうしたものはまったく見当らなかった。

もっとも、俺には日記などつける習慣がないのだから、当然といえば当然ではあったが。

しかし、家族や友達からの手紙の類もない、写真の一葉《いちよう》もない、というのはどういうことなのだろうか？

パソコンも調べたが、メールのやりとりも一切が消されていた。スケジュール表や電子メモの類も空白になっていた。

浅埜美花の存在を示す物といえば、わずかに洗面台に残されていたピンクの歯ブラシと、浴室にあった女性用のシャンプーやリンスぐらいなものだ。

きっと美花は、ここに一緒に住んでいたわけではないのだろう。

この生活感の無さは、いったいどういうことなのか？

もしかして、誰かが俺の部屋に忍び込み、俺が何者であり、どんな過去や家族がいるのかを示すような、一切の証拠や手がかりを消していったのかもしれない。

もし、そうだったとして、いったい誰が何のために、そんな面倒なことをするのか？

そもそも、記憶を失う前の俺は、いったいどんな暮らしぶりをしていたというのだろうか？

俺は次から次へ湧いてくる疑問や連想に、だんだん疲れてきた。最後には、もうどうでもよくなり、椅子に座り込んだ。

考えるのも面倒になり、ビールを飲みながらベランダ越しに、次第に白んでくる東の空を眺めた。

ぼんやりとしていても、脳は勝手に活動しているのだろう。

脳裏に何の脈絡もなく、今度は池沢美海の顔が浮かんだ。

腹に重傷を負った池沢美海は、最後に何かものいいたげに笑みを浮かべ、黄泉《よみ》の国へと消えていった。

それにしても、どうしてあの五人は五洋電機の社長や重役たちを人質に取り、いったい何を訴えようとしていたのか？

東アジア反帝統一抵抗戦線の代表は、五洋グループがわが祖国を裏切り、分裂国家に導いた反動企業であると非難していた。

五洋電機が属する五洋グループとは、いったい何なのか？

俺は身を起こした。パソコンに向かい、キイを叩いて、五洋電機を検索した。

ディスプレイに五洋電機株式会社の概要や業務内容、公開株などのデータが表示された。

デジタルTVやデジタルカメラ、電子レンジ、冷暖房両用エアコン、冷蔵庫、電気掃除機、洗濯機など一般家庭用電化製品から、パソコン、通信衛星、赤外線探知装置、軍事用レーダーシステム、無人偵察機、無人ヘリコプター、ロボットなどに至るまで、あらゆる分野の電気製品を生産している。

五洋電機は一部軍事生産もしてはいるが、たいした規模ではなく、過激派が目を剝いて責めるほどのことでもなさそうだった。

企業概観には、こうあった。

『五洋電機株式会社は、五洋グループの中ではいまや期待の成長会社であり、現在開発中の宇宙開発用ロボットシステムが実用化されれば、五洋グループを牽引《けんいん》する中《ちゅう》枢《すう》会社に押し上がる可能性がある。……』

今度は、五洋グループを検索した。

ディスプレイに、五洋グループの全体像を示すチャートが表示された。

五洋サクセス投資銀行、五洋サクセス・ファイナンシャル、五洋サクセス証券会社といった投資金融グループを中心にして、五洋電子、五洋重工業、五洋国土開発、五洋生化学工業、五洋電機、五洋石油、五洋石油開発、五洋石油化学、五洋宇宙開発事業、五洋貿易、五洋自動車工業、五洋造船、五洋船舶、五洋航空機、五洋金属、五洋遺伝子研究所、五洋製薬、五洋医療器具など百社以上の会社名が並んでいた。

こんなに大きな企業グループなのかと、俺は驚いた。

そこには、五洋グループについての歴史と概要も記してあった。

『朝鮮戦争・日本高麗戦争休戦後、日本政府はＧＨＱの指導で、いったん三井《みつい》、三菱《みつびし》、安田《やすだ》など旧財閥《ざいばつ》系銀行や企業を解体したが、日本の独立後、政府は富民《ふみん》強国政策を採ることを決定、国策会社五洋開発投資公社を創った。その五洋開発投資公社の下、旧財閥系企業を支援再建し、産業部門別に再編吸収統合して、五洋の名を付した民間会社を次々に設立した。

その後、政府は五洋開発投資公社を分割民営化し、五洋投資銀行、五洋証券会社、五洋ファイナンシャル、五洋保険会社などが創設された。この五洋投資金融グループの金融支援の下、各産業部門別に設立してあった五洋系企業をバックアップ。現在のような一大産業金融企業グループに発展した。

１９９０年代に入り、五洋金融投資グループは、アメリカの巨大多国籍企業サクセス・コングロマリットと業務提携をするようになった。2000年代に入ってから、両者は資本提携もするようになり、さらに緊密な関係を結んでいる。

いまや五洋サクセス企業グループは、日米両国にまたがる国家内国家といわれるまでに成長している。日本政府やアメリカ政府の政策決定は、五洋サクセス企業グループの意向を無視しては行なわれないほど、五洋サクセス企業グループの力は強くなっている。……』

そうか。それで五洋サクセス投資、五洋サクセス企業ファイナンシャルなどの金融機関が並ぶことになったのか――。

俺はディスプレイを睨みながら、大きく伸びをした。ようやく、疲れが出てきた。これなら眠れそうだった。

俺は、パソコンの電源を落とし、ベッドに転がり込んだ。

## 2

電話の呼び出し音が、喧しく鳴り続けていた。

俺はベッドから手を伸ばし、電話の受話器を摑んだ。ちらりと目に入った壁掛時計の針は、正午をやや回っている。

俺は受話器を耳にあてた。

『ゾル、起きているか？　わしだ、板垣だ』

「はい。起きています」

俺は頭を振った。

いま俺はどこにいるというのだ？　さっきまで冬山の山頂で寒さに凍えながら、道に迷っていたはずである。

俺はぼんやりとした頭で、あたりを見回した。

『それは半分眠っている声だな』

「いえ、もう目が覚めました」

俺はようやく自分が、部屋のベッドにいることに気づいた。

『ゾル。またやったな。謹慎中だというのに、どういうわけだ？　自宅で謹慎しているはずではなかったのか！』

突然、板垣局長の怒声が、受話器から飛び出した。

俺は慌てて受話器を耳から遠ざけた。がなり声が受話器から、びんびんと響いている。

板垣局長は、昨日「バラライカ」で起こった事件のことをいっているのだ。

『警察から通報が入った。おまえたちはテロリスト三人を射殺。重傷者二人を含む五人の身柄を確保し、警察に引き渡したそうだな』

「あれは偶然です。あの店で食事を摂《と》っていたところ、たまたまロシア大使夫妻が拉致されようとしたので、止むを得ず阻止したのです。まずかったでしょうか？」

『いや。まずいとはいっていない。仕事としては、よくやった。だが、手際《てぎわ》が悪い、悪すぎるぞ。もっと、簡単に事件を阻止できたはずだ。おまえと大尉は、銃器も携帯していなかったそうではないか』

「はい。停職中だということで、保安部から銃器携帯を禁止されていました」

『そんな命令を守る馬鹿がどこにいる』

「はあ？」

『以前のゾルなら絶対に、禁止命令なんぞ守ってはいなかったぞ。面従腹背《めんじゅうふくはい》していたはずだ。わしの立場上、命令を破ってよしとはいえん。だが、いいか、おまえはゾルなんだ。頭を働かせろ。自分の身を守るのが最優先だ。ゾルが銃器を携帯していなかったら、いくつ命があっても足りない。だから、わしは事前にいったはずだ。停職中といえども、特攻機動隊ＳＤＡＫ《スダック》であることを忘れるな、と。その意味は、スダック要員はいついかなる場合でも武器を携帯し、緊急事態に備えておけということだ』

「はい。今後は気をつけます」

俺は少々面食らいながらいった。

『今回、わしが怒っているのは、ほかでもない。銃器を所持していたら、もっと簡単に初期段階で敵を制圧できていたはずなのに、相手に反撃の機会を与えてしまったことだ。もし、あの連中がプロの殺し屋だったら、大使夫妻の拉致に失敗した段階で、大使を真っ先に殺していただろう。たまたま彼らがプロではなく、素人《しろうと》だったからいいようなものの、そうでなかったら、おまえも山本大尉も殺されていたはずだ。プロは邪魔になると思った相手を、真っ先に殺す。その後、目的を果たす。素人相手なら、どうにでも料理できるからだ』

「はい。分かりました」

『そもそも、おまえはゾルとしての自覚に欠けているぞ。いくら記憶を喪失したといっても、まさか本当に、自分がゾルであることまで忘れてしまったのではあるまい』

「忘れているかもしれません。そもそもゾルとは何なのか、教えてくれませんか？」

『……』

板垣局長は、言葉を失った様子だった。

以前、加奈から、ゾルは選ばれた戦士の称号だと聞いたことがある。

だが、選ばれた戦士といわれても、自分としては何をどう評価されて抜擢されたのか、そして、ゾルの任務は何なのかといったことが、まったく分からない。

加奈は俺に、しばらくは自分がゾルであることを知っているかのように振る舞い、嘘をついてくれ、といっていた。そのうちきっと、俺の軀がゾルであることを思い出すはずだから、と。

しかし、いつまでも嘘をついているわけにもいかない。そうでないと、自分が自分でなくなるような気がするのだ。

『分かった。ゾル、いまの話は聞かなかったことにする。ともかく、おまえは心身ともに疲れている。肉体的なリハビリはまあまあうまくいったが、まだ精神的なリハビリが足りぬらしい。精神科医に診《み》てもらうよう手配する。いまの件は、その後でゆっくり話し合おう。ともかく停職中は、精神的休養を十分に取ってくれ。しばらく好きなことでもやって、気を休めるんだ。いいな』

明らかに板垣局長は、動揺している様子だった。いまの俺の話を聞いて、上司と相談し、善後策を考えるのであろう。

『そうそう。いまの話だが、絶対に日野中佐にはしないように。これはわしの命令だ』

「はい。しかし、どうしてですか?」

『中佐は、何かときみを排斥《はいせき》したがっている。できれば何か口実を作って、きみを革命警察軍から追い出したいとも考えている』

「なぜ、そんな風に自分を嫌っているのですか?」

『それは分からないが、多分、個人的な理由からだろう。日野中佐はゾルになりたいと志願したが、ゾルには選ばれなかった男だ。だから、きみを煙たく思っているのかもしれない。あるいは、もっと深い理由があるのかもしれないが……』

「ひとつ、質問があります。日野中佐は、我々の直接の上司だといっていた。しかし、これまでいろいろな命令や指示は、局長から出ている。指揮系統はどうなっているのか。中佐か局長か、どちらを優先したらいいのか、教えてください」

『日野中佐は、革命警察軍特殊チーム全体を統括《とうかつ》するチームマスターだ。だが、きみが爆弾テロに遭った時点から、特攻機動隊スダックについてはわしが直接指揮を執っている。日野中佐は、ほかのチームの面倒を見ているので手一杯だ。いま彼にスダックを預けると、もっけの幸いとばかりに解散させるだろう。現場指揮官が、指揮不能に陥ったとしてな』

「分かりました。では、日野中佐には黙っておきます」

『うむ、それでいい』

「今回の報告は？」

『山本大尉からしてもらう。ともかく、きみは休養したまえ。いいな』

電話は切れた。俺はほっとした。正直になれた分、少し気が楽になったのかもしれない。

洗面台で顔を洗い、伸びていた不精《ぶしょう》髭《ひげ》を電気剃刀《かみそり》で剃《そ》り上げた。そして、ローシヨンを叩き込み、ようやく人心地がついた。

台所に向かうと、昨日スーパーで買っておいたパンをトーストして、牛乳を飲み、遅い朝食を摂った。

その後、俺は書斎兼居間に戻り、ソファに座り込んだ。

ゆっくりと休養を取れか。

かつて俺は休みの時、何をやって過ごしたというのだろうか？

本棚の本を眺めながら、俺は板垣局長や加奈から聞いた話を思い出した。

俺はみんなには内緒で、ＵＦＯ神聖教会やオーパーツ研究協会に出入りしていたという。

俺はカルト趣味だったというのだろうか。

だが、本棚にはハインラインやアーサー・クラーク、フレデリック・ブラウンのＳＦ小説はあるものの、ＵＦＯやオーパーツに関する書物は一、二冊しかない。カルト関係の本や雑誌もなかった。

なぜ俺は、そんなＵＦＯ神聖教会やオーパーツ研究協会などに出入りしていたというのだ。

俺は、がばっとソファから立ち上がった。

# 3

加奈はポルシェを首都高に乗せ、中央自動車道へ走らせた。

「わたしのところにも、局長から電話があった。ロシア大使夫妻拉致未遂《みすい》事件についての事後報告を出すようにと」

「叱られなかったか？」

「ええ。謹慎中に、六本木なんかにくりだしたのがいけないと、散々に怒鳴られた。今回も、ロシア大使から革命警察軍本部へ直々にお礼の電話が入り、長官は一応喜んでおられたそうよ。またあいつらかと、溜め息をついていたそうだけど」

「そういう場面に巡り合わせる俺たちが、ツイているのか、ツイていないのか。多分、ツイていないのだろうな」

加奈はにっと笑った。

「それから、局長はゾルが変なことを口走っているが大丈夫か、とえらく心配していた」

「ああ。そうだろうな。俺がゾルであることに疑問を感じていると正直にいったから」

俺は頭を振りながら笑った。

加奈はサングラスをかけた顔を俺に向けた。

「だから、しばらくの間、誰にもそういう話をしない方がいい、嘘をついてほしいといったのに」

「俺、嘘がつけないタイプなのかもしれない」

加奈は運転しながら、くすくすと笑った。

「そういってるけど、あなたは立派な嘘つきよ。でも嘘をつくのは、必ずしも悪いことではない。嘘には誠実な嘘と不誠実な嘘がある。嘘をつかれる方は嫌だけど、真実ばかり突きつけられるよりも、時には騙《だま》された方が気が楽なこともある」

俺は黙って、移り変わる風景に見入った。

中央自動車道は府中《ふちゅう》を抜けるあたりから、自然の林や田畑、果樹園などの緑が多くなる。

まだ三月半ばの季節なので、ほとんどが常緑樹の緑であり、山は枯れ木で賑わっていた。

カーラジオから、いま流行のポップスが流れていた。

長い小仏《こぼとけ》トンネルを抜け、相模湖《さがみこ》を左に見て、山中に入る。談合坂《だんごうざか》を過ぎ、大月《おおつき》ジャンクションで、ポルシェは河口湖《かわぐちこ》インターへ向かった。

眼前に富士山の山容が、だんだんとそそり立つように迫ってくる。山頂から八合目付近まで、まだ真っ白な雪で覆われていた。

ＵＦＯ神聖教会は河口湖インターを出て、富士急ハイランドの脇を抜け、さらに河口湖大橋を渡った対岸にあった。

河口湖越しに富士山を一望できる湖畔の高台に、別荘のような洋館がある。それがＵＦＯ神聖教会だった。

もともとはどこかの企業の保養所だったのだろう。たくさんの部屋があり、そこに全国からやってきた信者たちが寝泊りしていた。

敷地もだいぶ広く、鉄の扉を開け放った門柱から、さらにアプローチを進み、松林の奥に進む。

ポルシェは勢いよくＵＦＯ神聖教会のアプローチに滑り込み、砂埃を上げて玄関前に停まった。

「さあ、着いた。降りてみて。どうなるか、楽しみだわ」

加奈は笑いながらいった。

俺はドアを開けて、車から降りた。

玄関先を掃除していた信者たちが、親しげに挨拶をした。俺も挨拶を返し、玄関から中に入った。

上がり框《かまち》には、エアコンの暖房がかかっていた。まだ富士の裾野は、冬のように寒い。

かつて帳場《ちょうば》だったと思われるカウンターに、受付の札が置いてあった。誰もいない。隣の事務室から、声高に電話で話す男の声が響いてくる。

俺は呼び鈴のボタンを押した。

どこからか、女性の声で返事があり、廊下を小走りにやってくる足音が聞こえた。

やがて、さっぱりした事務服を着た中年女性が現われた。

「はい、いらっしゃいませ」

俺を見た女性事務員は、思わず目を丸くした。

「あら、お珍しい。西園寺さんじゃないですか。お久しぶりですこと」

「いや、どうも……。すみません、前にお会いしましたか？」

俺は面食らいながら、あいさつを返した。

「いやですねえ、浜田《はまだ》ですよ。お忘れになって。今日はおひとりですか？」

「いえ、連れが」

俺は後ろを振り向いた。ちょうどその時、ジーンズ姿の加奈が、玄関先に現われた。

「ああ、先日、お出でになった方でしたね」

「こんにちは。先日はお世話になりました」

加奈も愛想よくお辞儀《じぎ》をした。

「少々お待ちください。事務局長を呼んできます。あ、遠慮なく上がってください」

浜田と名乗った事務員は、あたふたと隣の事務室に入っていった。

「ゾル、あなたは、ここでは国会図書館員ということになっていますからね。お忘れなく」

「誠実な嘘だな」

俺と加奈は靴を脱ぎ、下駄箱《げたばこ》に入れ、スリッパに履《は》き替えた。

玄関の自動ドアが開き、どやどやと三十人ほどの人々が入ってきた。

全員が背中に、白抜き文字でＵＦＯ神聖教会と書かれた揃いのジャンパーを着込んでいる。

二十代の若者から七、八十代の年寄まで、年代層はばらばらだった。手に手に双眼鏡やビデオカメラを持っている。

インストラクターらしい中年男性たちは、空色の腕章を巻いており、大声でみんなを誘導している。

「みなさん、今日はＵＦＯが現われなかったので残念でしたが、広間の方に、こちらで観測されたＵＦＯ現象の数々の映像がありますので、それを見ることにしましょう。さあ、広間へお集まりください」

俺は加奈と顔を見合わせた。

「ああ、西園寺さん、ようこそ。どうぞどうぞ、応接室の方へ」

事務所の出入り口に現われた頭の禿《は》げた初老の男が、親しげに俺を手招きした。

加奈が俺に囁いた。

「事務局長の宮本《みやもと》さん」

俺は黙ってうなずいた。

応接室は事務室の隣にあった。

宮本はしきりに俺との再会を喜んだ。

ソファに座るなり、宮本は俺にいった。

「その節は、本当にいろいろお世話になりました。山本さんから聞きました。爆弾テロに遭って重傷を負ったと。心配していたのですよ。大丈夫そうなので、ほっとしました」

「本当ですよ。無事でよかったですね」

お茶を運んできた浜田も喜んでいい、俺の軀を上から下まで点検するように見回した。

俺は礼をいい、単刀直入にいった。

「実は、見かけは大丈夫なのですが、頭をやられて、大事な記憶を失っているのです」

「記憶を無くされた？　それは大変だ。では、ここのことも忘れてしまったのでは？」

「はい。正直にいって、浜田さんのことも、事務局長の宮本さんのことも覚えていないのです。ごめんなさい」

宮本は驚いた顔でいった。

「冗談でしょう？　だって、いま宮本って呼んだではないですか」

「こちらの山本が、教えてくれたのです」

「そうなんです。西園寺は記憶を喪失しているんです」

加奈はうなずきながらいった。

宮本と浜田は、いかにも気の毒だという顔をした。

「そうでしたか。でも永遠に、記憶を失ったままだということはないのでしょう？」

「ええ。ですから、かつてお世話になった人々とお会いし、記憶を取り戻すきっかけにしたいと思っているのです」

「そうでしたか。そういうことでしたら、いくらでもお役に立ちたいと思います。わたしは何をしたらいいでしょうか？」

宮本が真剣な顔で訊ねた。

「俺はいったい、こちらの教会に何を調べに来たのでしょう？　それを知りたいのです」

「分かりました。あなたはうちの会報を読んで、ある部会に関心を持ったらしいのです」

「ある部会？」

「ＵＦＯ心霊トラベル部会です。あなたはその部会に、非常に関心を抱いていました」

俺は加奈と顔を見合わせた。

「以前にわたしがお聞きした時は、そんなことはおっしゃられていませんでしたが」

加奈が怪訝そうな表情でいった。

「ええ。西園寺さんから、くれぐれも内緒にしておいてほしいといわれていたのです。誰かが聞きに来ても、驚くだけだから内緒にと。ですから、何もいわなかったのです」

「そうでしたか」

加奈は納得した様子でうなずいた。

「あなたは会報を読んで、心霊トラベル部会の活動を知り、部会の会員たちを紹介してほしいといってきたのです」

「会報を読んで？」

「はい。うちはインターネットで、会員向けの会報を公開しています。そのひとつを見て、問い合わせてきたのです」

「その会報というのは？」

「浜田さん、ちょっと出してあげて。確か去年の春の号だったと思う。会長のカール・

シモンズ導師《どうし》が来日して、武道館《ぶどうかん》で講演した時の号だった」

カール・シモンズ導師？

俺はどこかで聞いたことのある名前だと思った。どこで聞いたのかは、よく分からないが。

「はい。プリントアウトしましょう」

「すみません。お願いします」

俺が頭を下げると、浜田は事務室へ戻っていった。

「いや、びっくりしました。会報に掲載された部会のメンバーの手記を読んで、ぜひその人に会わせてほしいといって、わざわざここまでお出でになったのですから。いったん、電話でお断わりしたせいもあったのでしょうが、ともかく熱心でした。しかし、うちの会員でない人には、心霊トラベル部会の会員は紹介できないといったのです」

「それで、自分は会員になったのですか？」

「いえ、心霊トラベル部会の会員の名前や住所を知るために、こちらの会員になろうとしていることがすぐ分かりましたので、お断わりしました。こちらでは、そういう人の入会は認めていませんので。そうしたら、せめて部会の活動内容を知りたいと」

「その部会の活動内容というのは？」

「ある儀式でUFOを呼び出し、そのUFOの導きで、人はもちろんのこと心霊さえも行ったことがない土地を旅したり、過去や未来を往来したり、異次元世界を旅する……そういうことを研究している人たちの集まりです」

加奈がくすっと小さく笑った。

俺は思わず頭を振った。

「そんなことができるのですか?」

「正直いいまして、わたしも半信半疑です。シモンズ会長は聖人ですから、会長ならできると信じていますが、悟りを拓《ひら》いていない普通の信者にはどうでしょうねえ」

「それで、自分は、その部会の会員に会ったのでしょうか?」

「ええ。会ったはずです。確か、ドクター・コールドウエルを紹介しましたから」

「その方は、どういう方ですか?」

「変わった方でしてね。アメリカの一流大学である、MITの教授までやった生化学者です。その遺伝子研究があまりに奇抜だったので、変人扱いされて大学を去り、いまでは自分で細々と研究をしている。その方がここの教会の信者で、我々の教団基金から資金援助を受け、研究を続けているのです」

事務室から浜田が、一枚のコピーを手に戻ってきた。

「確か、これですよね」

浜田は宮本にコピーを手渡した。

宮本は一目見て、そのコピーを俺に差し出した。

「そうそう。これです。読んでみてください。覚えていませんか？」

俺は差し出された会報のコピーを受け取り、拡げた。

『ＵＦＯ心霊トラベル部会に入って
いなばの白兎《しろうさぎ》（匿名《とくめい》）
正直、驚きました。初めはわたしも信じていなかったのです。でも、興味半分真面目半分で、部会の集まりに行ったら、新入りのわたしが一番疑い深く、信じていないようだからというので、実験台にさせられたのです。
わたしは心をまっさらにして、みんなの真ん中に座り、必死に祈りを捧げました。そうしたら、いつか忘我《ぼうが》の状態になっていたのです。
すると天空から光輝くものが降りてきて、わたしの心に入ったのです。そしてわたしの心は何と、戦前の京都にタイムトラベルしていたのです。
わたしの故郷は京都です。そこには、懐かしい祖父や祖母、いとこの雅世《まさよ》ちゃんもいました。みんなわたしに気づかないで、祇園《ぎおん》祭りに出かけるところでした。
わたしは祖母や祖父に一生懸命話しかけたのですけど、振り返ってくれません。わたしの姿は見えないのでしょう。でも、いとこの雅世ちゃんだけが、わたしの方を振り返り、祖父や祖母に「誰かわたしたちのことを呼んでいるよ」と訴えました。でも、祖父母は取り合ってくれません。

そのうち向こうから、懐かしい母や父に連れられた子供のわたしがやってくるではありませんか。母も父も、あの戦争で亡くなってしまった。だから、わたしは思わず、「お父さん、お母さん」と駆け寄って、抱きついたのです。

でも、母も父もまったく気づきません。子供のわたしだけが、母や父に必死に呼びかけているわたしを見て、わっと泣きだしたのです。

同時に、わたしは我に返りました。わたしは祈りを捧げているみんなの輪の中に戻っていました。

「実験は成功したぞ」

博士が厳《おごそ》かにいいました。みんなが拍手をしました。わたしも成功した、と確信しました。

というのは、いまもわたしはよく覚えているんです。

子供の頃、父と母に連れられて、祇園祭りに出かけた時、向こうからやってくる祖父と祖母、いとこの雅世ちゃんと出会ったのです。

その時、子供のわたしは、何かの気配を感じたのです。それも得体の知れぬ、もののけのようなものが母や父を呼んでいるのを。わたしは怖くなり、わっと泣きだしたのでした。

　この手記を読んだあなたは、まだ信じられないかもしれません。でも、これは夢ではありません。本当にあったわたしの体験です。

　このＵＦＯ心の旅以来、わたしはＵＦＯ心霊トラベル部会にはまっています。

……』

　読みながら、俺はふとデジャブを感じた。この光景は、前にも一度見た記憶がある。

「どうです？　何か思い出しましたか？」

「ええ。確かに一度、これと同じ物を読んだ覚えがあるような気がする」

「それはいい」

　宮本は喜んで微笑んだ。

「この手記に出てくる博士というのが、ドクター・コールドウエルですか？」

「確か、そうだと思います」

「この手記を書いた『いなばの白兎』さんは、何という人ですか？」

「この方は匿名会員でしてね。でも、あなたは一度会っていますよ。だから、いいか。ちょっと待ってください。調べましょう」

　宮本は近くにあるパソコンのキイボードに向かった。

加奈が俺の脇腹を肘《ひじ》で突っついた。加奈の目が必死に笑いを堪えていた。

俺は頭を左右に振った。

馬鹿にしてはいけない。何が真実に結びつくか分からないのだ。

俺は心の中でそういった。

加奈は俺の気持ちが分かったのか、両肩をすくめた。

宮本が声を上げて応じた。

「はい、分かりました。この方は稲葉通子《いなばみちこ》さん。青山《あおやま》微生物研究所の研究員ですね。専門は遺伝子研究と聞いています」

青山微生物研究所？

俺は、その名前をどこかで見た覚えがあった。それもつい最近だった。どこで見たというのだろうか。

「そんなちゃんとした考えを持った科学者が、こんな手記を書いたのですか？」

加奈が、やや呆れた口調でいった。

俺はすかさず反論した。

「いや、科学者だからこそ、素直に自分の新鮮な発見と驚きを、手記にそのまま書いたのさ。これは、ほかの人に自分の体験を知らせ、嘘だというのならどうか分析してください、と訴えているようなものだ」

「そうそう。あなたは、前にもそういっていました。逆にわたしなんか、そうかと妙に納得させられたものです」

「自分は、この稲葉さんとコールドウエル博士に会いに行ったのですね」

「はい。確かわたしが、電話でドクター・コールドウエルに、会ってやってくれないかと頼んだのです。しかし、ドクターはだめだといって、いったん断わった。そうしたら、あなたは会ってくれれば、心霊トラブル部会にお金を寄付すると申し出られた」

「ほう、そんなことを」

　俺は訝りながらいった。

「額は十万ドル。そういう研究に理解のある出版社があるので、そこが寄付金を出すように取り計らう。その代わり、研究の成果を、その出版社の出す雑誌『ラー』の独占スクープ記事として発表し、本として出す場合も、その出版社が最優先で出版できる権利を保障するという条件でした」

「答えは？」

「オーケーでした。博士も喜んで会うといっていました」

「実際に寄付はあったのですか？」

　加奈が興味津々《しんしん》という顔で聞いた。

「ええ。ある日、西園寺さんの紹介で、有名出版社の役員がお出でになり、うちの理事会代表や部会代表に会って、契約を結んで帰りました。その後、十万ドルが振り込まれたと、聞いていています」

俺は頭を掻いた。そんな話は覚えていない。

その有名出版社の役員は、俺の話に乗ってよく金を出してくれたものだ。

それだけ心霊トラベル部会の研究が、真実味を持っていたということなのだろう。

「その部会は、どういう人たちが研究員として参加しているのですか？」

加奈がようやく興味を示した様子でいった。

「本当は部外秘なんですけど、西園寺さんたちなので、内緒でお見せしましょう」

宮本はパソコンのディスプレイに、部会メンバーのリストを表示させた。

部会の会長は村上広次郎《むらかみこうじろう》（財団法人会計士協会顧問）、副会長にはジョージ・コールドウエル博士と谷中征夫《やなかまさお》（日本心霊学会理事）の二人が就《つ》いていた。

会員はおよそ八十人。名前、現職、住所、連絡先が一覧になっている。

外国人は六十人ほどであり、アメリカ人やロシア人、ユダヤ人などがいて国際的だった。いずれも、宗教学者や心霊研究家たちだ。

ただ、ジョージ・コールドウエル博士と、もうひとり、マイケル・フォレスト教授（ハーバード大学心理学教室）だけが科学者だった。

日本人は少なく、男女二十人ほどの名前が並んでいた。

つらつら眺めるうちに、一人の男が目に留まった。

ほかの名前に目を移そうとすると、デジャブを強く感じて引き止められる。

坂斎一博《さかさいかずひろ》。

この名前だけは、見覚えがある。

もしかして、俺はこの男を知っているのかもしれない。

肩書きは、会社員とだけなっていた。連絡先は住所もなく、電話番号だけが掲載されている。

「この坂斎一博という男について、もう少し知りたいのだが」

「坂斎一博さんねえ。ちょっと待ってください」

宮本は会員ナンバーから、坂斎一博の個人情報をディスプレイに表示させた。

「会員になったのは四年前で、比較的に新しい方ですね。年齢は四十二歳。会社は五洋電機株式会社。そこの開発部主任技師となっていますね」

「ほう」

俺は顎をしゃくった。

「あら、五洋電機の技師ねえ。何を担当しているのかしら」

加奈も関心を抱いたようだった。

「それは書いてありませんね」

宮本は頭を振りながら、キイを叩いた。

「ああ、この人は東大技研から、アメリカの大学に留学してますね」

「どこの大学?」

「マサチューセッツ工科大学技術研究所ですね」

「コールドウエル博士と同じＭＩＴじゃない?」

加奈が訝ると、宮本が声を上げた。

「じゃあ、坂斎一博さんは、ドクター・コールドウエルと昔からの顔見知りだったのかもしれませんね」

俺は宮本を見て問いかけた。

「変なことを聞きますが、俺は彼らに会って、どうするつもりだといっていました?」

「確かに変な質問ですねえ」

宮本は笑いながらいった。

「そういえば、あなたはわたしたち信者同様、ＵＦＯの存在を信じていましたね」

「俺がＵＦＯの存在を信じていた……そうかもしれない。でも、その話とさっき俺が訊ねたことに、どういう関係があるのです?」

「あなたはドクター・コールドウエルに会って、ＵＦＯとは何なのかを訊ね、ＵＦＯの実在を示す証拠がないかを聞きたいといっていました」

「そんなことをいっていましたか……」

俺は唖然《あぜん》として、押し黙った。

加奈は少しばかり呆れた顔で、頭をゆっくりと振った。

「ゾル、あなたの趣味がＵＦＯだったとはねえ」

俺は思わず溜め息をついた。

4

小仏トンネルの渋滞を抜けた時には、とっぷりと陽が暮れていた。ようやくポルシェは、車の流れに乗って快適に走り出した。

「もう少し早く出ていればね。どうする？　オーパーツ研究協会の事務所に行くのは、明日にする？」

「できれば、今日がいいな。自由に動ける停職期間は、あと五日しかない。事務所の場所は、帰り道にあるんだろう？」

「分かったわ。善は急げというのでしょ。善ではなく悪かもしれないけど」

加奈はそういうと、ポルシェを一気に加速した。

追越し車線を走り、十数台を抜いたところで、待ってましたとばかりに覆面パトカーがサイレンを鳴らし、赤灯を回して追いかけてきた。

「あんたたちと遊んでいる暇はないのよね」

加奈は屋根に赤灯を乗せ、サイレンを鳴らした。

追跡しようとした覆面パトカーはすぐにサイレンと赤灯を消し、速度を落とした。

ポルシェはそのまま調布《ちょうふ》インターまで疾駆《しっく》して、高速道路を降り、三鷹《みたか》市方面に車を向けた。住宅地なので、サイレンを止め、赤灯も外した。

「約束では、遅くとも五時までには行くといっておいたんだけど」

腕時計は、すでに六時を回っていた。

加奈は俺に携帯電話を差し出した。

俺は携帯電話のリダイアルボタンを押した。

加奈が渋滞で中で何度も掛けたダイアルだったが、いつも話し中で通じなかった。

遅れるのを知らせようにも、電話が通じなければどうしようもない。

「相当、忙しいのかね」

「そんなに忙しくはなさそうだったけど」

ようやく、電話の呼び出し音が鳴った。

「今度は通じそうだ」

「だったらいいけど。もし繫がったら……」

『はい』

相手の声が聞こえた。若い男の声だった。

「オーパーツ研究協会ですか？」

『はい。そうだけど』

「今朝、そちらへ電話をした山本の代理の西園寺ですが、約束の時間に遅れてしまい、申し訳ありません」

『誰だって？』

「山本と西園寺です」

『どちらの？』

男はつっけんどんにいった。

俺は送話口を押さえ、加奈に聞いた。

「どちらの、といっている」

「わたしは正直に、革命警察軍の山本大尉と告げてあるわ」

俺は加奈にうなずき、携帯電話を耳にあてた。

「革命警察軍の山本大尉、それから西園寺少佐です。間もなく、そちらへ着きます」

『……』

電話の向こう側で、いい争うような声が聞こえた。

だが、ポルシェのエンジン音で、何をいっているのか分からない。

『いま、どこだって?』

ざらついた男の声がいった。

俺は加奈に、目であとどのくらいで着くか、と聞いた。

「すぐ先の十階建てのマンション。あの五階だから」

俺は加奈の言葉を受けていった。

「あと百メートルほど。間もなく、そちらへ……」

俺の話を全部聞かずに、相手は電話を一方的に切った。

俺は加奈に向かって肩をすくめた。

「相手はだいぶ怒っている」

「仕方ないわね。着いたら謝りましょう」

ポルシェは三鷹駅へ向かう道路を真っ直ぐに進み、セブンイレブンの角を右手に折れた。

一ブロックも行かないうちに、十階建てのマンション、三鷹ハイツの前に出た。

「この五階の504号室、会長の畑山《はたけやま》さんの自宅にオーパーツ研究協会の事務所がある」

俺は車を降り、五階を見上げた。

加奈も運転席から降り立った。
その時、五階の窓ガラスが割れ、ベランダから黒覆面の男が顔を出した。
銃身が見えた。ちょうど５０４号室付近のベランダだ。
「おかしいぞ！　カナ、援護しろ」
俺は叫びながら、革ジャンパーの内側に手を入れ、自動拳銃シグを抜いた。
突然、五階の窓から銃撃が起こった。
連射音が轟《とどろ》き、弾丸が足元のコンクリートの路面を削って跳んだ。
加奈は五階のベランダめがけて自動拳銃を撃ちまくり、大声で怒鳴った。
「援護する！　いまのうちに５０４へ！」
俺はいち早くマンションの玄関先に飛び込んだ。
エレベーターのボタンを押したが、最上階の十階に上がったまま下がってこない。
俺はエレベーターを諦め、階段を駆け登り始めた。
後から加奈も、拳銃を片手に駆け上がってくる。
火災報知器のベルが鳴りだした。
マンションの住民たちが廊下に走り出て、慌てて階段を駆け降りてきた。
きっと犯人たちは、住民に紛れて逃げるつもりだ。
だが、逃げる住民すべてを止めることなどできない。

俺は住民には構わず、ひたすら階段を駆け上がった。

五階のフロアに出た。消火器を持った住民と思われる男が、うろうろしていた。白い煙が廊下に流れ出ている。

「504号室は？」

「あの煙が出ている戸口だ！」

住民の男が、大声で叫んだ。

「一緒に来てくれ」

「よっしゃ」

男は勇ましく返事した。

俺は廊下を駆け、ドアの隙間から煙が出ている部屋の前に走り込んだ。

ドアには504の番号があった。中から悲鳴が聞こえた。

俺は拳銃を構え、ドアのノブを引き開けた。

同時に煙がわっと出てきた。俺は姿勢を低くして、部屋に飛び込んだ。

奥に火の手が見えた。住民の男は煙に圧倒されて、足が前に進まない。

「消火器をかせ」

俺は叫び、男から消火器を受け取った。

安全ピンを抜き、ノズルを向けると、引き金を引いた。ノズルから白い消火液が迸《ほとばし》り出た。

火の元に消火液を投射する。いったん弱まったかのように見えた炎は、しかし、すぐに燃え盛った。

だんだんと消火液の噴出も収まり、その威力も弱弱しくなっていく。

「誰か、消火器を寄越せ！」

怒鳴りながら、俺はどこかで悲鳴が上がるのを聞いた。奥の寝室からのようだ。

「ゾル！　どこ」

加奈が部屋に走り込んできた。その手に消火器を抱えている。

「頼む、火を消せ！」

俺は叫ぶなり、奥の部屋に向かった。ドアを開け、拳銃を向けながら怒鳴る。

「誰かいるか！？」

「助けて……お願いだ」

か細い声だった。ツインベッドの間から聞こえる。

俺はベッドの陰を覗いた。

そこに頭部や胸部のシャツを血で染めた大男が倒れていた。

俺は部屋の中に、ほかに人がいないかどうか確かめると、大男を抱き起こした。

「しっかりしろ！　名前は？」

「畑山だ。畑山泰蔵《たいぞう》だ」

男は、オーパーツ研究協会の会長だった。

「ほかには、誰もいないのか?」

「わたしひとりだ。ほかには……誰もいない」

畑山は喘《あえ》ぎながらいった。

俺は加奈に向かって怒鳴った。

「火は消えたか!」

「だめ、避難して!」

加奈が咳《せ》き込みながら、苦しそうに叫んだ。

「119番に連絡したか」

「呼んだ。すぐに救急車もかけつける。だから、早く逃げて」

俺は拳銃を腰のベルトに挟み、大男の畑山を背中に背負った。

渾身《こんしん》の力を振り絞り、大男を背負いながら歩く。俺は通路を出て、玄関先のドアを開けた。

その時、ようやく消防車が到着した。

「三中隊、飛び込め!」

防火服に身を固めた消防隊員たちが、入れ代わりに部屋に飛び込んだ。

ベランダ側から放水が始まり、窓ガラスが割れる音が響いた。

消防隊員たちに抱えられ、加奈ともう一人の住民が出てきた。

加奈は煙を吸ったらしく、激しく咳き込んでいる。

「この男が会長か」

俺は抱え起こした大男を指差し、加奈に確認した。

「ええ。彼がオーパーツの著者の畑山泰蔵です。彼から話を聞いた」

「そうか」

俺は畑山泰蔵に聞いた。

「いったい、どうしたというんだ？」

「あ、あんたは……以前、訪ねて来た西園寺さん」

「覚えていてくれたか。いったい、何が起こったのだ？」

畑山泰蔵は喘ぎながらいった。

「訪ねて来た四、五人の男たちが、突然、襲ってきた。何かを探している様子だった」

「いったい何を探していた？」

「多分、篠田《しのだ》やあんたが持ち込んだ書籍だと思う」

「俺が持ち込んだ本だって？」

「ああ。覚えているだろう？　現代にはあり得ない歴史の本だ。いまの世界とはまったく違う、日本の学校教科書や歴史書だ。篠田やあんたがどこからか手に入れて、ここへ持ってきたではないか」

　俺と加奈は、思わず顔を見合わせた。

「それらの本は、どこにある？」

「ロッカーの中に仕舞《しま》っておいた」

俺は炎を出している部屋の方を見た。火はもう手がつけられないほどに燃えている。

　消防隊員が消火ホースを持ち込み、どんどん水をかけていた。

「襲った連中は、いったい誰だ？」

「分からない。初めて見る連中だった」

　畑山泰蔵は苦しそうに咳き込んだ。血反吐《ちへど》を吐いている。

　畑山の胸の出血は凄まじく、このままでは失血死をしてしまいそうだった。

「その連中に心当たりはないか？」

「……最近、四六時中誰かに付け回されていた。やつらだと思う。篠田もそういっていた……。篠田に聞いてくれ」

「分かった。篠田はどこにいる？」

「前に……あんたに教えたはずだ。会員の篠田だ。覚えていないのか？」

「俺は爆弾テロで記憶を失った。だから分からないんだ」

「ポケットに携帯電話がある。携帯電話に、篠田の電話が登録してある。それを見ろ……」

俺は畑山泰蔵の軀を探った。ポケットに携帯電話があった。

俺は携帯電話を畑山に見せた。

「預かっておいていいか」

「いい。……預ける」

畑山泰蔵は苦しそうにうなずいた。

「あいつらはあんたを痛めつけて、何を聞き出そうとしていた？」

「……」

畑山が何かをいった。だが、周りが騒がしくて、聞き取ることができなかった。

救急隊員が、エレベーターで登ってきた。俺は救急隊員に手を振った。

「おーい、怪我人がここにいる。すぐに運んでいってくれ」

救急隊員たちは担架《たんか》を持って駆け付けると、畑山泰蔵を乗せ、またエレベーターに乗って降りていった。

焼け跡に消防隊のハロゲンランプが、煌々《こうこう》とあたりを照らしていた。火災現場特有の焦《こ》げ臭《くさ》い臭《にお》いが充満している。

居間やダイニングルームには、焼け残った書類や書籍が足の踏み場もなく散乱していた。ほとんどが見る影もなく焼け爛《ただ》れている。その上に水を被ったので、ぐずぐずに溶け崩れていた。

ロッカーの中の荷物や書籍も、丸焦げだった。畑山泰蔵がいっていた教科書や歴史書などは見当らなかった。彼らが持ち去ったのかもしれない。

俺は現場検証をしている消防隊員や警察の鑑識《かんしき》課員を眺めた。彼らは黙々と作業を続けている。

「ゾル、見て、これを」

加奈が焼け跡から、何かを拾い上げた。加奈は金属を指で拭《ぬぐ》い、汚れを落とした。

「それは何？」

加奈の手には、壱《いち》万円金貨が光っていた。何かを記念して、鋳造《ちゅうぞう》された記念金貨だった。

「あり得ないわ。偽《にせ》の記念金貨よ。これはまさしくオーパーツだわね」

加奈は鼻先で笑った。その金貨はオリーブの葉で周りを囲んであり、表に文字が浮かび上がっていた。

「２００２年度日本・大韓民国共催　ＦＩＦＡサッカー・ワールドカップ記念」

俺は不意に目眩に襲われ、強いデジャブを覚えた。

確か、そんなことがあったような気がする。
あれは夢か現《うつつ》か、幻か。
俺は呆然として、その場に立ちすくんだ。

（上巻終）

本書は二〇〇六年十月より学習研究社から刊行された『革命警察軍 ゾル 1 分断された日本』をもとに文庫化にあたり、上中下巻としてつくりなおしました。

本作品はフィクションであり、実在の個人・団体などとは一切関係がありません。

文芸社文庫

# 革命警察軍ＳＯ《ゾ》ＬＤＡ《ル》Ｔ　上巻

二〇一七年十二月十五日　初版第一刷発行

著　者　森　詠
発行者　瓜谷綱延
発行所　株式会社　文芸社
〒一六〇－〇〇二二
東京都新宿区新宿一－一〇－一
電話　〇三－五三六九－三〇六〇（代表）
〇三－五三六九－二二九九（販売）
印刷所　株式会社暁印刷
装幀者　三村淳


ISBN978-4-286-19350-2